# 神様の子守はじめました。 13

霜月りつ

この作品はフィクションです。
実在の人物・団体・事件などに
一切関係ありません。

# 神様の子守はじめました。13

目次

# 第一話

# 神子たち、お客様をおもてなしする

# 序

十二月に入って街中があわただしくなってきた。

サンシャイン大通りにはずっとクリスマスソングが流れ、店先には「クリスマスセール」や「歳末《さいまつ》セール」という景気のよい赤い文字が飛び交っている。

まだ四時だというのに薄暗くなった街のあちこちで、クリスマスツリーがピカピカ光り、空気で膨らんだサンタクロースが腰を揺らしている。

「一年たったんだなあ……」

朱陽《あけび》と蒼矢《そうや》を連れて買い物をしていた梓《あずさ》には感慨深い。

アマテラスから子供たちを預かった二月から十一ヶ月、その波乱の年が終わってしまう。

この一年は本当に特別な一年だった。

神様から国を護る四神の卵を預けられて、それから孵った子供たちと一緒に成長してきた。笑ったり泣いたり怒ったり。危険な目にも遭った。不思議な体験もした。素晴らしい経験も得た。その一年が。

「終わるのか……」

「あじゅさ、なにがおわるの？」

手をつないでいた朱陽が振り仰いで言った。

「うん、この年が終わるなあっておもって」

「おわったらあじゅさ、こまるの？」

反対側の手の蒼矢も、こちらを向いて聞く。

「いや、こまらないよ。すぐに新しい年がくるからね」

「あたらしいとし？　いつくんの？　いくつねんねする？」

朱陽に言われて梓は心の中で日を数えた。

「ええっと今日が三日だから……そういえば朱陽は数をいくつまで数えられるようになった？」

「えー？　えっとねー、ひとぉつ、ふたつ、みっつ……」

朱陽は指を折って数え始める。

「おれもかぞえられるよ！　ひとつ、ふたぁつ、みっつ……」

途中で口を挟んだ蒼矢に朱陽が口をへの字にする。

「そーちゃん、だめ！　あーちゃんがわかんなくなっちゃう！　えっと……むっつ、ななつ……」

「いつつ！　やっつ！　よっつ！」

蒼矢がでたらめに数をあげるが、朱陽は聞こえないふりをして指を折った。一〇まで数えて今度は指をひらく。

「じゅーいち……じゅーに、じゅー……えっと、じゅー、じゅー……」

ぱっと梓を見て笑う。

「じゅーしゅ！」

「ジュースは買わないよ」

梓は思わず笑ってしまった。言葉より表情で許されたと思ったのか、朱陽がひときわ高い声で甘えだした。

「えー、じゅーしゅ、あーちゃん、じゅーしゅのむー」

そうすると蒼矢も「じゅーしゅ、じゅーしゅ」と騒ぎ出してしまう。

「だめだめ。早くおうちにかえって白花《しらはな》や玄輝《げんき》たちとお昼ご飯にしないと。ジュースならおうちでカルピス作ってあげるよ」

「やだー、おそとでじゅーしゅのみたーい」

「じゅーしゅー！」

甲高い声を上げ始めるが、ごねれば思い通りになると覚えさせたくなくて、梓は二人の手を引っ張った。

「やだー、やだー！　じゅーしゅのむーっ！」

蒼矢がいきなり道の真ん中でひっくり返った。両足をじたばた動かし、激しく泣き叫ぶ。

「こ、これはもしかしたらあの有名なイヤイヤ期……」

いきなり始まった盛大なダダこねに、梓は驚いた。今まではぐずぐず言ったりわめいたりしても、道に仰向けになるなんてことはしなかった。朱陽もちょっと驚いた様子で蒼矢を見ている。

「そーちゃん……おようふく、ばっちいよ」

朱陽は一緒にごねていたとは思えない落ち着きで、蒼矢に声をかけた。

「あけびもじゅーしゅのみたいってゆってたでしょー！」

蒼矢は頭のてっぺんから吹き出すような大声で叫んだ。

「うーん……おうちでカルピシュのむよー」

「うりぎりのもー！」

興奮して変な言葉になっている。梓は困ったというよりは珍しいものを見ている気分でしばらく蒼矢がじたばたと手足を動かしているのを見つめていた。

蒼矢はちらっと眼を開けて梓を見たが、梓が黙って見ているのを確認するとさらに大声をあげ出した。

イヤイヤ期の子供の話は公園でママ友さんたちからさんざん聞かされたなあ。

梓は対処法を思い出す。確かやってはいけないのは「要求に応える」「暴力・暴言」「あり得ない罰」……。そして適切なのは。

「蒼矢、ねえ、梓もジュース飲みたくなったなあ」

梓はしゃがんで蒼矢に言った。蒼矢はじたばた動かしていた足をふと止める。

「蒼矢はジュース、飲みたいんだよねえ」

「じゅーしゅ……」

「ピカピカのグラスにいれて氷いれてストロー入っているジュースはどう?」

「のみたーい!」

蒼矢は上半身をぴょこりと起こした。

「じゃあ蒼矢の大好きなカルピス……今日は特別に蒼矢がカルピスいれていいよ。カルピスいれる係にしてあげる」

「カルピシュ……いれるかかり?」

「そう。蒼矢が自分で好きなだけカルピスをコップにいれていいんだよ?」

「ほんと? いっぱいいれてもいいの?」

蒼矢の目が輝く。いつも梓がいれるカルピスの原液《げんえき》をじっと見つめて「もうちょっともうちょっと!」とねだっているのだ。

「うん、今日だけ特別だよ。特別スペシャルデリシャスゴージャスカルピス!」

とにかく蒼矢は言葉が重なっているものが好きだ。ロボでも技でもいくつもつける。

「とくべつぅ！　そーちゃん、とくべつだって、すっごい！」

朱陽が羨ましげに叫ぶ。本当にそう思っているのか、蒼矢をノセるためなのかは、わからない。

「とくべつ！」

蒼矢はぱっと立ち上がった。

「とくべつ！　カルピシュ！」

「そう、スペシャルカルピス」

「スペシャル！　スペシャルカルピシュ！」

蒼矢と朱陽が梓の手を握る。早く帰ろうとぐいぐい引っ張られた。

（ありがとう、カルピス）

梓は心の中でカルピスに感謝しながら歩き出した。


大通りを越えたところでポケットにいれていたスマホが震えだした。取り出してみると、画面に表れた名前は先日軽井沢《かるいざわ》で再会した高校のときの友人、米田《よねだ》だ。今はテレビ局でドラマを制作するスタッフになっている。

「もしもし？」

『おお、羽鳥《はのとり》。おれおれ』

「うちにはそんなでかい息子はいないぞ」

勢いよく言われたのでついそんな冗談を返してしまう。

『あはは。元気か？』

「うん。そっちは？」

高校卒業以来、先日久々に会ったばかりなのに、耳元で聞く友人の声は、毎日でも顔を合わせていたかのような調子だ。職業柄のものだろうか？

『あいかわらず地獄のスケジュールに潰されそうだよ。ところで実は羽鳥に頼みがあるんだ』

「えっ……」

思わず立ち止まる。いきなりの頼みとは地雷《じらい》と同じだ。爆発注意。

『そんな用心するなよ。実は、子供をひとり預かってほしいんだ』

軽い調子で言われ、聞き間違いかと思った。

「え？　今なんて」

『そんで実は今もうおまえんちの近くにいる』

「はあっ!?」

一

大急ぎで家に向かうと、家の前に白いバンが停まっていた。

「あじゅさ、くるまいるよ」

朱陽が指さして言う。近づくと窓から米田が顔を出し、手を振る。

「米田！」

「よう、お前すごいな、戸建てに住んでいるのか？」

米田は車の窓から身を乗り出すようにして家を見上げた。

「池袋《いけぶくろ》に一戸建てなんて、ありえないだろ」

米田は感心している。確かに新卒社会人が住むには分不相応だろう。

「こ、ここはちょっとワケアリで格安で……」

「まさか事故物件？」

興味津々の目で問われ、梓は慌てて首を振った。

「いや、そういうわけでは……」

しかし雑鬼《ざつき》や霊の通り道になってるわけだから事故物件とも言えるだろう。もっとも子供たちが見つけ次第片づけてくれるので住むには支障がない。

相手は友人といえどテレビに関わっている人間だ。以前、白花が力を使ったとき、撮影されたこともあって、メディアには用心してしまう。

「そ、それはともかく子供を預かるってどういうこと?」

「うん……」

米田はちらっと後部座席を見た。そこには小学生くらいの、白いキャスケットを目深《まぶか》にかぶった、少女とも少年ともつかない子供が座っていた。

「米田。知ってるだろうけど、うちには子供が四人もいてね」

「だから最適だと思ってね。木を隠すには森の中、子供を隠すには子供の中だよ」

米田は梓のそばの朱陽と蒼矢に笑いかけた。朱陽はすぐに笑顔を返したが、蒼矢は唇をとがらせて米田を見たままだ。

「隠す?」

後部座席の子供が顔をあげた。きれいな顔はしていたが、男の子だということがわかる。

(あれ……?)

梓は不思議な気がした。この子、どこかで会った……いや、見たことがある?

米田は車から降りてくると、梓の肩に手を回し、強引に顔を寄せてきた。

「実はワケアリなんだ。この子、うちのドラマに出てもらう子なんだけど、最近ストーカーに悩まされてて」

「ストーカー!?」

「三日ほどしたら撮影に入る。撮影は東北の方に一か月行く予定なんだ。ロケ先は極秘だからそっちに入っちゃえばストーカーもついてこれない。だけどそれまでの間、都内の自宅には置いておけないって彼の母親が言うんだよ。母親は母親で仕事をしているから四六時中一緒にいるわけにはいかないし」

「だ、だけど、米田……」

実演販売の人だって、これほど滑らかに口は回らないだろうという友人の言葉を遮ることができず、梓は一声上げただけだ。

「羽鳥はずっと子供たちと一緒にいるんだろ？　その中に混ぜてもらえればいい。こんな大きな家だなんて知らなかったからさ、ここなら安心だ」

「いや、待てよ。それなら警察に言えば……」

米田は梓のセリフにかぶせて畳みかけた。

「警察なんて、事件が起きなきゃ動いてくれないさ。それに、あの子の将来もかかっている。こんなことでスキャンダルにしたくないんだよ。あの子、有望な子役なんだ。萩原《はぎわら》瑠《る》衣《い》くん、聞いたことない？」

その名前は確かに、

「聞いたこと、ある……」

「彼、今一〇歳なんだけど、子役ってのは期間限定の生《ナマ》ものなんで、旬《しゅん》を乗り切ったあとは実力勝負。今はとにかく大事に大事にしなきゃいけない時期なんだよ。揉《も》め事は禁物。瑠衣くんのお母さんが言うにはなんとかこの数日で決着をつけるって話だし……頼むよ、羽鳥！」

米田はパンっと両手をあわせた。

「俺の数少ない人脈の中で、お前が一番信頼できるんだ！」

「ずるいぞ、そんな言い方」

梓は車の中の少年を見た。彼は話されているのが自分のことだとわかっているだろうに、ただうつむいているだけだ。その様子が行き場のない子犬のように見え、米田への不満よりも先にかわいそうになった。仕方なく、梓はうなずいた。

「わかったよ。でもあまり長い間は無理だ」

「助かる！　三日間だけだから！」

米田はもう一度大げさに頭を下げると、すぐに車にとって返した。ドアを開けて中の少年に話しかけ、手を引いて降ろさせる。そんな様子が王子様に仕える臣下のようだった。

「じゃあ瑠衣くん。三日後迎えにくるからね」

門扉の前でそう言って米田は車で去って行ってしまった。残された少年はリュックを前に抱え、表情もなく立ち尽くしている。

無理もない、突然見知らぬ他人の家に預けられたのだから。

「ええっと……萩原瑠衣くん？　俺は羽鳥梓って言うんだ。この子は朱陽でこっちは蒼矢」

「こにちわー！　あーちゃんよ！」

名前を呼ばれて朱陽が片手を挙げ、元気よく挨拶をする。

「……」

蒼矢の方は眉を寄せ、不審げな顔で少年を見上げていた。

「ほら、蒼矢もご挨拶して」

「……ちわ」

一言だけ言ってさっと梓の背後に隠れる。

萩原瑠衣はそんな二人をに目を向けたがにこ、り、ともしなかった。ただ無表情が不機嫌そうな表情に変わっただけだ。

「早く中にいれてくれない？」

表情そのままの不機嫌そうな声。

「あ、そうだね。ごめん、入って」

梓は門扉を開けて先に朱陽と蒼矢を通した。

「うちにはあと二人子供がいるから、あとで紹介するね」

「え、そんなにいるの？」

一瞬、不愉快そうな表情がほどけて子供らしい驚きの顔がのぞいた。

「うん。みんな同じ年で——まあ、四つ子っていうか」

「そんなたくさん……」

だが次の瞬間、また瑠衣は冷たい顔に戻った。

「……だったらうるさそうだね」

「う、うん。まあ、そうだね」

決して静かではないので肯定するしかない。

「ただいまー」

朱陽が玄関の引き戸を開けて大声をあげた。

「おきゃくさまよー！」

その声にパタパタと軽い足音が応える。白花が奥から走ってきた。

「あじゅさ、あーちゃん、そーちゃん、おかえり……なさい。おきゃくしゃま……？」

「そーよー」

朱陽は腰に手を当て、おなかをそらす。

「おきゃくさま！　えっと、るいくん、だよね？」

客人を見て、白花は上がり框《かまち》で棒立ちになった。

「はぎわら、るい、くん？　うっそ……」

家で一番の芸能通の白花なら知っているのだろう。頬がみるみる赤く染まった。

「えー……どうして……」

「この子が白花。あと一人はきっと中で寝てる」

梓が問うように白花を見ると白花はこくこくと忙しくうなずく。

「げんちゃん、ひーちゃんといっちょにいる……」

「そっか、翡翠《ひすい》さんにも紹介しないとね」

少し気が重い。人間の子供を預かることになった、などと言ったら、紅玉《こうぎょく》はともかく、翡翠がどんな反応を示すことやら。

「えっと、それからあと二人、大人がいるんだ。ちょっと説明しづらいんだけど、ずっといるってわけじゃないから……」

子供たちのお世話係の精霊とも言えない。

梓は朱陽と蒼矢を洗面台に行かせ、自分は瑠衣を連れて居間に向かった。

「お茶でもいれるよ。少しここで待ってて」

居間の襖《ふすま》を開けると、ちゃぶだいの横で丸まっている玄輝が目に入った。翡翠はいない。

怒鳴り声を少しでも先延ばしにすることができて、梓はほっとした。

「手を洗ってくるからちょっと待っててね」

瑠衣を居間に残し洗面台に向かうと、手を洗ってうがいを終えた朱陽と蒼矢、そして白花が廊下にいた。白花は小声で二人になにか言っている。

「どうしたの？」

梓の声に朱陽が困った顔で振り返る。

「あのねー。しーちゃんがなんかむずかしいことゆうの」

朱陽の言葉を白花がすぐに否定する。

「むじゅかしくなんかないよ……！　るいくんの、ことだよ」

「瑠衣くんのこと？」

「うん。あのね、るいくんはね……」

白花が話そうとしたとき、どたどたと大きな足音がして顔面蒼白な翡翠が洗面所に駆け込んできた。

「羽鳥梓――っ！」

うわ、居間で瑠衣くんに会ったのか。これは確実に雷《かみなり》が。

「いいいいったいどういうことだ――！」

「いやあの」

「相談もなく！」

「あのですね」

「無断で！！！」

「顔、近い近い」

「スイーツ少年探偵ポアレを家に招くとはー！」

あ、そのタイトル見たことがある、と梓は思い出す。翡翠と白花がネットで観ていたドラマの再放送だ。

「そっか。それで聞いたことあったんだ、名前」

「毎回事件に関係あるスイーツを絡めて素晴らしい直観力で解決する美少年探偵ポアレ！私を蒸発させて嬉しいか羽鳥梓ー！」

翡翠のセリフに白花がぽんっと頬を膨らませる。

「もー、ひーちゃん！　いま、しらぁながゆおうとしてたのに……！」

「詳しいことはあとで説明します。とにかく三日間だけ瑠衣くんを預かることになったんです」

説明ではなく事実だけを梓は述べた。

「ううう……」

翡翠の顔が膨らんだりしぼんだりしている。興奮しすぎて体内の水量調整がうまくいかないらしい。

「ねえ」

そこへ瑠衣がリュックを抱えたまま顔を出した。

その姿に翡翠がぴゅんっと回転して姿を消す。多分、瑠衣には見えていない。

「お茶とかいいから部屋に案内してくれない？　僕もう疲れたから一人でゆっくりしたいんだけど」

「あ、そ、そうだね」

梓は瑠衣をどこで寝させようかと考えながら答えた。普段子供たちのおもちゃを置いている四畳半でいいか、ストーブをいれて暖かくして。

「瑠衣くんも手を洗う？」

洗面台を指し示すと、瑠衣はふっと鼻から短い息を吐いた。

「……あとで部屋におしぼり持ってきて」

「わ、わかった」

梓は子供たちを残して瑠衣を四畳半に案内した。襖をあけると畳敷きの部屋だ。瑠衣はあからさまにがっかりした顔をした。

「こんな狭いとこ？　それに畳じゃないか。僕、ベッドじゃないと眠れないんですけどぉ」

語尾を伸ばして不満の意を表明する。

「ごめんね。うちでは誰もベッドを使ってないんだ。新しい布団を用意するから」

「信じられない……」

瑠衣はリュックを乱暴に放り出すと、部屋の隅で膝を抱えた。

「こんなところで三日も我慢しろっていうの？」

「ごめんね……」

「あと、お茶なら僕トワイニングのオレンジペコしか飲まないから。それから晩ご飯だけど、ダイエットしてるんで糖質《とうしつ》の多いものはやめてね。ああ、お魚は全般だめ、お肉なら米沢牛《よねざわぎゅう》しか食べない。野菜は国産のものにしてね」

立て板に水の如《ごと》し。梓はぽかんとしてしまった。

「ええっとお鍋とかは……？」

梓の言葉に瑠衣は目を見開いて怒鳴った。

「みんなの箸がはいったものを僕に食べさせるっていうの⁉　そんな汚いもの無理だから。それよりはやくおしぼりもってきてよ！」

「は、はい」

「水で絞ったのは論外だよ、ちゃんと熱くしてね」

「わ、わかりました」

勢いに押されて思わず敬語になる。慌てて廊下にでると会話を聞いていたらしい子供たちと翡翠が突っ立っていた。

「あじゅさ、だいじょーぶ?」

朱陽が心配そうに言った。

「なにあいつ!」

蒼矢が怒っている。 瑠衣の言っていることはよくわからなくても、口調で梓が責められ

たと思ったらしい。

「……」

白花は首をかしげ、翡翠は自分の顔が崩れないように押さえていた。

「なんということだ。エンジェルとも呼ばれるスイーツ少年探偵ポアレの瑠衣くんがあんなに性格が悪いとは。繊細で大胆かつ頭脳明晰《めいせき》で愛らしい少年探偵だと思っていたのに」

「それ役柄ですよね？　きっと初めてのおうちで緊張しているんですよ……」

思わず弁護をしてしまうが、確かに扱いづらそうな子だ。

「ええっと……うちに国産の野菜があったかな」

あとで冷蔵庫を確認しなくてはと梓は台所に向かった。

二

「そうかぁ、ストーカーかぁ」

　夕食前に顔を出した紅玉に、梓はキッチンで瑠衣を預かったいきさつを話した。紅玉は瑠衣のことも、出演しているドラマのことも知らなかった。

「普通の人間の、それも赤の他人をこの家にいれるのはちょっと危険やけど、そら断れんなあ」

「すみません」

　梓はフライ返しでフライパンの中をつつきながら、頭《こうべ》を垂れた。

「子供たちには注意した？」

「はい。変身したり、火を出したり、花を咲かせたり、バチバチしたり、水を出したりしないように言っておきました」

「基本子供たちは言うことを聞いてくれるけど、神の力は本能みたいなもんやもんなあ。どこまで守ってもらえるか」

紅玉はそう呟き、ガスコンロの上を見た。

「そんでこれがお客様のリクエストメニューというわけ？」

「はい」

フライパンの上にはハンバーグが四つ、皿の上には六つばかり乗っている。

「米沢牛はなかったので、スーパーで大急ぎで国産牛の挽《ひ》き肉を買ってきて……あとは高原レタスに群馬県の人参《にんじん》でグラッセ。子供たちもハンバーグ大好きですから」

「カレーにハンバーグ、お好み焼きはお子さま大好きメニューの最強トリオやもんな」

最後のお好み焼きはどうかな、と思ったが、つっこまないでおく。

「翡翠は騒がなかったか？　この家に一般人を泊まらせるなんてーとか」

「最初は怒鳴られましたが、ストーカーの話をしたら同情してくれましたよ。でも」

「でも？」

梓は軽く肩をすくめた。

「瑠衣くんがドラマのキャラクターと性格が違うのが納得いかないようで」

「当たり前のことやのになあ」

紅玉は呆れた顔で苦笑した。

「勝手にイメージ押しつけられる身にもなってみい」

その翡翠は居間のこたつを囲み、子供たち四人と顔を突き合わせていた。

羽鳥家のこたつは子供四人と大人三人が入ることを考慮して、長方形の大き目のこたつになっている。これはこたつ布団と一緒に、翡翠と紅玉がプレゼントしてくれた。

十二月から登場したこたつはすでに子供たちの心を掴んでいた。気を付けないと玄輝がすっぽり中に入っていて蹴とばすはめになる。

「瑠衣くんはストーカーに狙われているらしい。きっとあの言動もそんなストレスのためなのだろう。本来、瑠衣くんは少年探偵ポアレのように心優しい子のはずだ」

翡翠が子供たちを前に力説する。

「すとーかーってなあに？」

なんでも聞きたい朱陽がまず発言する。

「人のあとをつけまわす悪い奴のことだ」

「つーけーまーわーす……って、なあに」

難しい言葉をゆっくりと朱陽は発音した。

「ずっとあとをついてくることだ」

「へんなのー、いっちょにあそびましょってゆえばいいのに」

朱陽は理解できない、と顔をくしゃくしゃにする。

「瑠衣くんはたぶん遊びたくないと思うぞ」

「じゃあ、あーとーでーってゆえばいいよ」

「朱陽はいい子だな」

感心したような翡翠の声に、朱陽は胸を張った。

「あーちゃん、いいこー！」

「あいつ、いいこじゃないよ？」

蒼矢はどうも気に入らないらしい。こたつからわざわざ立ち上がった。

「えっらそうだし、ずっとおこってるよ」

「ストーカーが捕まればきっと天使に戻る」

翡翠が希望を込めて言う。

「そうかなあ」

「白花はどう思う？」

翡翠が聞くと白花は小首をかしげた。

「んーん……？」

白花のきれいに切りそろえたおかっぱの先がさらりと肩にかかった。この髪は月に一回
紅玉が散髪してくれている。

「るいくん……ぽあれちゃんとちがうね……」

不思議そうな白花の声に、翡翠が食い気味で答える。

「がっかりしてはいかんぞ、白花。きっと一時的なものだ」

「……じゃなくて……」

白花は考え込むように黙り込んだ。

「玄輝は……」

と目を向けた翡翠に、玄輝はこたつの天板に顎を載せ、あくびをしてみせる。どうでもいい、といった態度だ。

そこへ紅玉と梓が晩御飯を運んできた。

「みんな、おこたの上、片づけて」

「今日はハンバーグやでえ」

わあっと子供たちが声をあげた。ふっくらまあるいハンバーグはみんなの大好物だ。

「だれか瑠衣くんを呼んできてくれる？」

「あーちゃん、いくー」

すぐに朱陽が立ち上がって廊下に駆けだして行った。だが、しばらくしてふくれっつらで帰ってくる。

「どうしたの？　朱陽」

「るいくん、ごはんやだって」

　朱陽は口をへの字に曲げた。

「いっちょにたべるのやだって。もってきてって」

「なんと！　このかわいい子供たちと一緒に食事をしたくないなどと！　いくらスイーツ探偵でも許せん！」

　翡翠が頭から湯気《ゆげ》を吹き上げて激怒した。その勢いで立ち上がったので、梓はあわてて彼のスーツの裾をつかんだ。

「ま、待ってください。きっと人見知りさんなんですよ。僕が食事を持って行って、それで誘ってみますから」

　梓は瑠衣の分だけハンバーグやサラダをとりわけ、茶碗にご飯をよそい、味噌汁を椀にいれた。余分に買っておいた箸《はし》を用意し、それらをトレイに載せて立ち上がる。

「あじゅさ、しらぁなもいっちょにいく……」

　白花が廊下への障子を開けてくれた。

「ありがとう、白花。じゃあ行こうか」

　瑠衣がいる四畳半はきっちりと襖が閉められていた。朱陽は襖や障子を開けっ放しにすることが多いので瑠衣が閉めたのかもしれない。室内の明かりを髪一筋ほども洩らさない、閉まった襖が瑠衣の心のようにも思えた。

「瑠衣くん、梓だよ。ご飯持ってきたから……」

中からは返事がない。

「開けるよ、瑠衣くん」

白花に目配せすると、白花がうなずいて襖を開けてくれた。

「瑠衣くん」

瑠衣は窓のそばで体育座りをして顔を膝に伏せている。

「おなかすいただろ？　米沢……じゃないけど国産牛のハンバーグだよ。あと野菜も国産。お米は翡翠さんお墨付きだから絶対おいしいよ。食べてみて」

梓は近くに寄ってトレイを畳の上に置いた。

「でもよかったらみんなと一緒に食べない？　きっと楽しいと思うよ」

瑠衣は顔をあげるとトレイの上を見た。

「……箸」

「え？」

瑠衣は疲れた様子でため息をついた。

「なんで割り箸じゃないの。他人の使った箸なんて気持ち悪くて食べられないよ」

「あ、ごめんね。でもこのお箸はまだ誰も使ったことがないから」

「それにハンバーグなんて子供っぽいもの僕の口にあうと思ってんの？　ステーキじゃなきゃ食べないから」

瑠衣は感情のこもらない声音で続ける。

「瑠衣くん……」

さすがに梓が呆れた声をだしたとき、今まで黙っていた白花が言った。

「るいくん……どうしてチョーノレイカちゃんのまねしてるの？」

「え？」

梓が聞き返すと瑠衣もぎょっとした顔で白花を見た。

「いまのも……さんわめのレイカちゃんのせりふだよね？　さいしょのはにわめでレイカちゃんがとーじょーしたときのせりふ」

「お、覚えてるの？」

瑠衣が驚いた声を上げた。それに白花は嬉しそうに笑うと、

「レイカはトワイニングのオレンジペコしかいただかないの。おさかなはぜんぱんだめ、おにくはよねざわのすてーきにしてね」と気取った様子で言った。

「しらぁな、ポアレくんすきだもん……たかしちゃんのつぎに」

「すごいな、きみ。小さいのに」

瑠衣は目を丸くして白花を見つめた。白花は照れくさそうにうつむくと、

「るいくんも、もっとちっちゃいときからてれびにいた……よね。すっごいよ」

と小さな声で答える。

「僕はプロだもん。でもそっか。ばれてたのか」

瑠衣はあーあと足を投げ出した。それから急いで居住まいを正すと、梓に向かって頭を下げる。

「ごめんなさい、いやな態度をとって。この子の言うとおり、僕は蝶野麗花《ちょうのれいか》ちゃんの役を演じてました。僕の知る限り、一番視聴者に嫌われた役だったので」

「え？　え？」

梓はうろたえて瑠衣と白花を交互に見た。

「えっと、つまり……今までわざとああいうこと言ってたの？」

「はい」

「え、なんで……」

瑠衣は上目使いで梓をちらっとみあげると、

「そうしたら羽鳥さんが怒って家に帰してもらえると思って……」

そう言ってさらに頭をさげた。

「ごめんなさい。知らない人の家でどう振る舞えば正解なのかわからなくて。羽鳥さんだってご迷惑でしょう？」

今までとはうってかわって礼儀正しい様子に梓は感心する。

「さすが白花と翡翠さんが夢中になるドラマの主役だね。とっても上手だったよ」

うふふ、と白花が笑い、「るいくん、じょーずだった」と拍手する。瑠衣は照れた顔になり、頬を指でかいた。

「でもね、しばらくはおうちには戻れないんだ。三日間だけ我慢してもらえないかな」

「それ」

瑠衣はぴしっと指を立てた。

「その理由を僕は母からも米田さんからも聞いていません。教えていただけませんか？」

「え……」

周りの大人たちが秘密にしていることを当の本人に伝えてもいいものだろうか？

「〝信頼は真実と共にある〟」

白花が梓の顔を見て言った。

「オーガミオーのホワイトタイガーしろーちゃんのせりふよ」

「信頼は真実と共に――」

梓は目の前の理知的な少年の顔を見た。そうだ、きっとこの子は自分がなにもわからない子供として扱われているのがいやなのだ。彼を三日間守るとしても、守られる本人の協力があるのとないのとでは安全度が違う。

「わかった」

梓も背筋を伸ばし、瑠衣と正座で向き合った。

「正直に話すよ。実は、君がストーカーに狙われていると米田に聞いた。それで東北ロケに行くまでの三日間、うちで預かることになったんだ。だから今自宅へ戻るのは危ない」

「ストーカー……」

さすがに瑠衣はショックを受けた顔をしていた。

「そうか、それで……最近ママの様子がおかしかったのか」

「ストーカーに気づいていたのはお母さんだけだったの？」

「はい。僕はしょっちゅう覗かれたり写真撮られたりするんで気にしなかったんですが、そういえば母が持ち物が無くなったとか、お弁当のふたが開いてて誰かが口をつけたようだとか言ってました」

「それ、ほんとに危険じゃない！」

梓は瑠衣の被害の大きさに改めて恐怖や驚きを覚えた。

「米田は、お母さんがこの三日の間になんとかするって言ってたんだけど……」

「ママが……。そうでしたか」

瑠衣は右手で右の耳をひっぱり、左手で右腕の肘を支えた。

「あ、ポアレくんのすいりぽーず！」

白花が嬉しそうに言う。

「あ、うん。ずっとやってたら僕のくせになっちゃって」

瑠衣もポーズを崩さずに笑った。

「どうかな。納得してもらえたかな……三日の間だけ、うちにいるのは」

「わかりました」

瑠衣はポーズを解除して膝の上に両手を置いた。

「三日間お世話になります」

深々と頭をさげた瑠衣に、梓はほっとした。

「よかった。じゃあ、居間でみんなと一緒にご飯を食べよう。それで今までのことは演技だったたって伝えるから」

「はい」

言いながら瑠衣は鼻の下を擦《こす》った。

「ネタバレは照れくさいですね」

「それはぽんずのシーエムのぽーずね！」

白花が手をぱちぱちと叩く。白花のフォローの範囲が広すぎて、梓はちょっと怖くなった。

今までのことはすべて演技だったと梓が子供たちに公開すると、翡翠や紅玉は感心したが、演技ということがわからない朱陽や蒼矢はまだ少し距離を置いているようだった。

　瑠衣は聞かれたことにはハキハキと答え、今までの意地悪キャラを払拭《ふっしょく》するような明るい態度で接した。だが梓にはそんな瑠衣に一抹《いちまつ》の不安も感じた。

「瑠衣くん、一人で寝られるかな」

　四畳半に布団を敷いて、梓は聞いてみる。瑠衣はパジャマがわりの梓のTシャツを着て、部屋の隅に立っていた。

「ねえ、瑠衣くん。違ってたら悪いけど、さっきの食事のときも、なにかのキャラクターだった？」

　瑠衣はぴくんと頭を上げた。

「え……、どうしてですか？」

「瑠衣君、明るくて元気だったけど……僕たちの言葉に反応してるだけだったよね？　君の方から何か話してくれたことはなかったから」

　梓は枕の上をサラリと撫で、瑠衣の顔を窺った。

「……」

　瑠衣は壁から離れると、布団の横に座った。

「あれは……ほぼポアレのキャラクターです」

「そうか」

やはり演技だったのか、と寂しさと同時に納得する。

「ポアレは明るくて賢くて大人に受けのいいキャラクターです。このキャラクターでいて、今まで悪いことはなかったから」

「じゃあ本当の瑠衣くんはどんな子なの？」

「……言わなきゃだめですか？」

暗くなった瑠衣の声に、梓は静かに首を横に振った。

「言いたくなければいいんだよ。本当の自分、なんてわかっている人の方が少ないかもしれないよね」

瑠衣はぱっと顔を上げた。

「僕は……っ、明日どうすればいいですか」

「どうって？」

瑠衣は両手の拳を握って膝の上に置いていた。

「僕は知らない人の家にいるという現場は初めてです。どうすればいいのかわかりません。指示をしてもらえればその通りに過ごします」

「え、それは……」

梓は瑠衣の要求にとまどった。

「いや、好きにしてくれていいんだよ」

「好きにするってわかりません」

「おうちにいるように過ごしてくれれば……おうちではどうしてるの？」

「家では……」

瑠衣は考えるように頰に手を当てた。白花が言っていたポアレの推理ポーズだ。

「一人でいるときはだいたいぼーっとしてます」

「ぼーっとしてるのは好きじゃない？」

「いえ……でもそれは萩原瑠衣のキャラクターじゃない気がして」

首を振る瑠衣に梓はできるだけ穏やかに言葉を掛けた。

「ここでは誰も君にキャラクターづけをしないよ？」

「……」

「ぼーっとしてていいんだよ。なにかしなきゃいけないっていうことはないから。して欲しいときはこちらからお願いするし、君がしたくなったら遠慮なく言ってくれればいい。僕に言いにくかったら子供たちに言ってみて」

瑠衣は口を開けたが、なにも言葉を発しないまま閉じてしまった。

「おやすみ」

梓が立ち上がると瑠衣は「おやすみなさい」と頭を下げた。襖の前で一度振り返ると、布団に潜り込むところだ。

「電気、小さくしておくね」

梓は壁の電気を常夜灯《じょうやとう》にして、襖を閉めた。

「なんという健気《けなげ》な子なのだ、少年探偵ポアレ」

廊下には眼鏡を水で満たした翡翠と、やれやれというポーズの紅玉がいた。

「演技でしか自分を表せないなんて、困った職業病やな」

「演技していることが瑠衣くんの幸せかもしれませんし、一概《いちがい》に悪いとは言えませんよ」

「そうかなあ」

紅玉はきょとんとした顔で首をかしげる。

「それより、ストーカーの被害って思ってた以上で」

梓は翡翠と紅玉の背中を押して部屋から離れさせた。

「そうやな。そらおかんが心配して他人に預ける気にもなるわ」

「許せん、ストーカーめ。もし現れたら私が捕まえて永久凍土《えいきゅうとうど》の下に埋めてくれるわ」

「翡翠さんを止めるのはお任せしましたよ、紅玉さん」

「なんでや？　僕も捕まえたらケツを炙《あぶ》ってええあんばいに内臓《ホルモン》焼いてやるで」

紅玉がかわいらしい笑みを浮かべて物騒なことを言う。

「示玖真《しぐま》はんにも連絡しておこうか？　あのお人も子供に手を出す奴はこまぎれにしてもええと思ってるお人や」

「やめてください」

瑠衣の安全を守りつつ、もしかしたらストーカーの身も守るはめになるかもしれない。

梓は急に疲れを感じた。

命が惜しかったら瑠衣くんには近づくなよ、ストーカー。梓は心から祈った。

三

翌朝、瑠衣は用意してあったタオルと歯ブラシを使って洗面を済ませ、みんなと一緒に居間で朝食をとった。

朝食の席には翡翠と紅玉はおらず、梓と子供たちだけだったが、賑《にぎ》やかさは夕食時と変わらない。

あちこち興味が移っておしゃべりばかりしてご飯が遅れる朱陽、その朱陽にちょっかいをだしてすぐに喧嘩になる蒼矢、黙々とみんなの二倍は食べている白花、ご飯を口に入れ、飲み込んだ瞬間に寝ている玄輝。

梓は朱陽の話にあいづちを打ち、蒼矢を牽制《けんせい》し、白花の好き嫌いを注意し、玄輝を起こしては食べさせている。

瑠衣の目からは梓は自分のことをなにも出来ていないように見えたが、茶碗のご飯はしっかり減っているので、見えない早さで口に放り込んでいるのかもしれない。

自分と母親の食事とはずいぶん違うなと、瑠衣は思い出す。

家で母親と食事をとることは稀《まれ》だ。労働基準法で二〇時には現場をあがれる瑠衣と違って、マネージャーでもある母親は事務所や製作会社との打ち合わせに出ていることが多い。たまに母親が家にいれば、食事の席はシナリオの読み合わせや演技の練習になってしまう。ただ二人でゆっくりご飯を食べられる時間が持てたのは何年前だったろう。

「スイーツ探偵ポアレ」以降、瑠衣はまともに学校へ行くこともできないほど売れっ子になってしまった。移動の時間や待機の時間で母親が勉強を見てくれることもあったが、基本はひとりで問題集を解くだけだった。運よく学校へ行くことができても、授業についていけない。

担任の教師はできるだけ学校に来るようにと母親を説得してくれるが、「今がこの子の一番大事な時期なんです」と、母親は聞く耳を持たない。

「瑠衣のこの天使のような愛らしさは今だけなんです」

では成長して天使でなくなったら？

そうしたら母にとって自分はいらない子供になってしまうかもしれない。

離婚して父が家を出てしまってから、瑠衣は家族というものがあっけなく壊れることを知った。自分と母も同じように簡単に離れ離れになってしまうかもしれない。

子役としての輝きを失ったら。

恐怖だった。

だから大人受けのいいポアレのキャラクターを演じて、周りの大人たちに可愛がられようと思った。使いやすく物分かりのいい子役として、仕事をたくさん貰えるように。

いつの間にか……演じていなければ動けなくなった。

「あの」

食事が終わった後、瑠衣はもう一度梓に聞いた。

「僕はどうしていれば」

「好きにしてていいよ」

昨日と同じように好きにしていいと言われたが、知らない場所でできることはなにもない。いつもの待機時間のようにスマホでゲームでもしていようか、と瑠衣は廊下へ出た。

――日差しが目を射た。

廊下の窓の向こうに冬枯れの庭が広がっている。

日本庭園のように広くもないし、整えられているわけでもない。

真ん中に葉の落ちた桜の木が腕を広げ、塀に沿って何本かの常緑樹が立っている。手前にはつつじのこんもりとした茂《しげ》みがあり、窓のそばには南天《なんてん》が赤い実をつけていた。

朝の陽がガラスを通して縁側に満ちている。廊下の上には長いカーペットが敷かれており、それはぬくまっていて足の裏が温かかった。

瑠衣は四畳半へ行く足を止め、廊下に座った。

見ているとスズメが一羽飛んできて、桜の枝に止まる。それからもう一羽、二羽。

三羽のスズメは枝の上で追いかけっこをしたりつつきあいをしたりして、飛び上がり、はばたき、せわしなく枝の間を行き来した。

普段は気にもとめない鳥の姿だったが、今は目が離せない。見ているうちに眠くなり、あくびが出た。

そばに小さな気配を感じて目をむけると、玄輝という名前の男の子が何冊か絵本を持って立っていた。

この子はなんだかずっと眠そうにしていた子だな、と瑠衣は思い出した。今も眠たげな顔をしている。

玄輝は瑠衣に絵本を差し出した。

「え……?」

受け取ってタイトルに目を落とす。瑠衣も小さいころ読んだ記憶のある絵本だ。

(これを読めってことなのかな)

自分が暇そうにしていたから持ってきてくれたのだろうか。

瑠衣が迷っているうちに玄輝は廊下にころりと横になった。しかし目は閉じず、じっと瑠衣を見つめている。

瑠衣は絵本のページを開いた。大きな文字と優しい絵が目に入る。

「むかしむかし、あるところに……」


しばらく読み進めていると、急に背中に軽いものがぶつかった。振り返るより先に、丸い頬がくっつけられる。

朱陽という名の赤毛の少女だ。

「るいちゃん、えほんよむの、おじょうずー」

朱陽が嬉しそうに言った。彼女の後ろにはドラマに詳しい白花という女の子が立っている。

「これもよんでぇ。いーい？」

朱陽が別の絵本を差し出す。

「いいよ」

瑠衣が答えると女の子二人は顔を見合わせてうふふと笑った。

「そーちゃんもいっしょにきこーよ」

朱陽が廊下の奥に向かって言った。角から怒ったような顔をした男の子が顔を出す。

「えほんなんか、こーちゃんによんでもらうもん！」

「でもるいちゃん、おじょーずよ？」

確か蒼矢という名前だったなと瑠衣が見ていると、男の子はどかどかと足を鳴らしてやってきて、玄輝の隣にどかりと腰を下ろした。

「こーちゃんと、どっちが、おじょーずか、きいてやる！」

朱陽と白花も瑠衣の前に座った。

「ごほん、よんでー」

朱陽の声に瑠衣は新しい絵本のページを開いた。

日差しは相変わらず明るかった。

「……おんなのこのかえるみちを、おつきさまがあかるくてらしていました……」

四人がそれぞれねだった絵本を最後まで読み切って顔を上げると、子供たちは思い思いの格好で廊下に横たわっていた。みんな目を閉じ、すうすうと眠っている。

廊下の端にいつの間にか梓が来ていた。瑠衣がなにか言おうとする前に、梓は唇の前に指を立てた。手には四枚のブランケットを持っている。

「みんな寝ちゃったね」

梓は小さな声で言って、子供たちにブランケットをかけていった。

「……ぼくの絵本、つまんなかったのかな」

瑠衣が言うと、梓はちょっと驚いたように目を大きくし、それから首を振った。

「違うよ。みんな気持ちよくて眠ってしまったんだ」

「気持ちよくて……？」

「うん、廊下は暖かいし、瑠衣くんの声が優しかったからね」

毛布をかけ終わると梓は瑠衣に笑顔を向けた。

「ずっと読んでいてのどかわいたでしょう。お茶をいれるよ」

そう言われて立ち上がろうとしたが、足に力が入らずよろけてしまった。その瑠衣のからだを梓が抱き留める。

「ずっと座っていたから足が痺《しび》れたんだね」

瑠衣は自分の背中に手が回されたことを知った。ぐっと力を込められ、

「よいしょ」

足が宙に浮いた。

「え？　え？」

梓が瑠衣を抱え上げていた。

「わあ、やっぱり瑠衣くんはおっきいね」

「あ、あの」

まさかこの年になってだっこされるとは思わず、瑠衣はあわてた。

「お、おろしてください。あの、僕、重いし」

「平気平気。俺、こう見えて力はあるんだ」

梓は瑠衣を抱き上げたまま子供たちをよけて歩いた。人の腕に抱かれるなんていつぶりだろうか？　うんと小さな頃は母親がよく抱いて歩いてくれていたが。そう、それに……今はいない父親が。

大人の男の人の力強い腕。梓はきゃしゃに見えたが、寄りかかる胸は意外と広い。

父親のことを思い出した。

会社員だった父の堅いスーツと不思議な匂い。袖口のボタンが素足《すあし》に当たっていつも冷たかった。

居間に入ってこたつの前に下ろされる、ほんの短い間に、瑠衣は父親のことをいくつも思い出していた。

父と母はよく喧嘩をしていた。その原因が自分にあったことは子供心に分かっていた。

母は瑠衣を子役として売り出したいと願い、父はそれに反対していた。

瑠衣はどっちにもつけずわあわあ泣いていただけだ。

離婚後、母は父の写真を全て処分してしまったので、瑠衣はもう父の顔も覚えていない。

くわえて、ドラマでたくさんの父親を与えられたので、その人たちの顔がいくつも被さり、本当の父の顔を隠してしまう。

だけど、今……。

「瑠衣くん？」

父の顔、そして姿のイメージ……それが目の前を通り過ぎ、しかし確認する前に消えてしまった。

「……」

こたつ板にぽたりと涙が落ちた。

梓は黙ってティッシュの箱をこたつの上に置いてくれた。

「ここはテレビ局じゃないから……」

梓が静かに言う。

「涙も笑顔も瑠衣くんのものだよ」

瑠衣は何枚もティッシュを抜き出し、洟《はな》をかんだ。

# 四

その日の午後、翡翠と紅玉が来たので梓は全員で公園に行こうと提案した。

ストーカーの件があるので自宅にいた方がいいかなと思ったが、絵本を読んだことですっかり子供たちに懐《なつ》かれた瑠衣は、小さな手のひっぱりに抵抗できなかったらしい。

子供たちは、みんなお揃いのダウンジャケットに毛糸の帽子をかぶり、仁志田《にしだ》のおばあちゃんが編んでくれた手袋をはめている。

瑠衣は白いキャスケットに、裏地がボアの暖かそうなジャケットを羽織った。

「瑠衣くんは我々が守るから大丈夫だ」

翡翠は力強く言った。

「君がうちに来てることを知ってるのは、おかあさんと梓ちゃんの友達だけやろ？　大丈夫やよ」

紅玉は明るく言って、陰湿なストーカーの影を払拭する。

みんなで公園へ向かう間、朱陽と白花が瑠衣の両手を握っていた。

「るいちゃん、あじゅさもひーちゃんもこーちゃんもいるからね。あーちゃんもるいちゃんおまもりするからね」

自分より小さな朱陽にそう言われ、瑠衣は困った顔で笑った。

「大丈夫だよ。僕はこうみえてK1《ケーワン》のトレーナーさんにもついてるからね。ストーカーが来たって蹴飛ばしてやるさ」

「そうなの？　あーちゃんもこーみーてねえ、ひぃつかえんの！　でもひとにつかっちゃだめだからね、どうしようかなあ」

「あーちゃんは……とりさん、よぶといいよ……おともだちでしょ」

反対側から白花が顔を覗かせていう。

「そっか、とりしゃん、いっぱいきてもらうー」

「しらぁなは……ねこちゃん、きてもらおうかな……」

女の子たちは顔を見合わせてくふくふと笑った。瑠衣には意味がわからないだろう。

いつも子供たちと遊びにきている公園に来て、梓は抱いていた玄輝をベンチに下ろした。

玄輝は小さくあくびをすると、手足を丸めてころんと横になる。瑠衣も梓の隣に腰を下ろした。

「あれえ、なんや曇ってきたね」

家を出る前はあんなに晴れた青空だったのに、今は縁から灰色の雲が重なり始めている。

「翡翠、雨の様子はどうや？」

聞くと翡翠は顔を上に向けむずかしい表情をした。

「ああ、これは……案外早く崩れてきそうだ。大気中の水分が多くなっている」

「もう少し早く出ればよかったなぁ」

翡翠と紅玉の心配をよそに、子供たちはもう公園に散っているところだった。朱陽と白花はブランコに飛び乗り、蒼矢は友達の優翔《ゆうしょう》くんを見つけてジャングルジムに駆けてゆく。

「いいですよ。気晴らしに外へ出ただけなんで、ちょっと遊んだら帰りましょう」

「うむ、一時間ほどは大丈夫だ。私が保証する」

梓はいつものように玄輝とベンチに座り、翡翠と紅玉はそれぞれブランコとジャングルジムの方へと向かった。ベンチからはどちらも見えるので安心だ。

朱陽は白花をブランコに座らせ、自分はその後ろに立った。二人で一緒にブランコをこぎ始める。

蒼矢は優翔くんと一緒にジャングルジムのてっぺんまで登り、おしゃべりをしていた。

横で丸まっている玄輝はダウンジャケットを着ていたが、寒くないようにと梓は自分のマフラーをぐるぐると顔に巻き付けておく。

「羽鳥さん」

「うん、なあに？」

瑠衣は遊んでいる子供たちを見つめながら言った。

「聞いていいのかわからないけど、……あの子たちのお母さんは……」

「え」

ギクリとする。いつも公園のママさんやちょっと知り合った人にならら「姉の子」で押し通してきたのだが。

「ええっと……その、実は子供たちは俺の姉の子供で……海外に仕事にいってるんで俺がその間面倒をみているんだ」

瑠衣にもその言い訳が通じるだろうか？

「そうなんですか。じゃあお母さんはいるんですね」

瑠衣はほっとしたような顔をした。

「でも子供たち、すごく羽鳥さんに懐いていますよね」

「それはまあ……ずっと一緒にいるからね」

ちょっと言い訳めいているかな、と梓は思った。

「羽鳥さんはお母さんとお父さん両方の役目をしているんですね、すごいですね」

「瑠衣くんのお母さんだってそうだろう？　それに瑠衣くんのお父さんは元気なんでしょう？」

瑠衣は大人のように静かな笑みを浮かべ、首を横に振った。

「父のことは正直よく覚えていないんです。僕が小さいときに別れたから」

「そ、そう……」

「たぶん、僕のせいで……」

その声は小さく、苦《にが》く吐き出された。

「瑠衣くん」

「でも、」

瑠衣はぱっと顔を上げ、今度は明るいあどけない顔を見せる。

「さっき羽鳥さんに抱きあげられて、久しぶりに思い出せて嬉しかったです」

「あのね、瑠衣くん」

その笑顔が本心なのかどうなのか梓にはわからない。本心なら嬉しいけど、フォローのための表情なら辛すぎる。

「俺なんかがどうこう言うことじゃないけど、離婚の原因を自分のせいだって思っちゃだめだよ。決めたのはご両親だ。決めたことには決めた人が責任を持つ」

「………」

瑠衣はすっと笑みを消した。

「それに遠くにいても会おうと思えば会えるだろ？　相談だってできるだろ？　成長した姿を見てもらえるだろ？　それは……いいことだよ。きっと、絶対に……いいことなんだ！」

「羽鳥さん……？」

なぜだか涙が出そうになって梓はあわてて笑顔を作った。亡くなった父親に桜の中であったことを思い出す。嬉しかった。嬉しくて嬉しくて……切なくて。

「――はい、そうですね」

瑠衣は聞きわけがよい子供のように答えた。

「僕も遊んできます」

瑠衣がベンチを立ってブランコの方に駆けてゆく。梓はため息をついた。

年を重ねていてもうまいセリフは出てこないものだ。瑠衣の悲しみや孤独はきっと自分が思うより深いだろう。せめて一緒にいる間くらいは……。

「楽しく過ごしてくれるといいけど」

手の甲が温かくなった。寝ていた玄輝が体勢を変え、梓の腕にくっついてきたのだ。産毛の生えた丸い頬が柔らかく当たっている。

梓は手をそのままに、空いてる方の手で玄輝の頭を撫でた。

遊び始めてしばらくたち、梓は頬に当たる風がかなり湿気《しっけ》を帯びてきたことに気づいた。

「梓ちゃん」

紅玉が近寄ってきた。盛んに両腕を擦っている。火の精である彼は湿気に弱い。

「空気、かなり冷たなってきたな」

「そうですね」

翡翠を探すと公園の隅の方で白花と鉄棒の練習をしている。

「翡翠さーん！」

立ち上がって呼ぶと、翡翠がこちらに向かって手を振った。

「そろそろ来そうですかー？」

翡翠は空を見上げ、大きくうなずいた。

「じゃあ帰りますー」

梓は玄輝を抱き上げた。結局玄輝は公園についてから一度も起きなかった。

「ええっと、瑠衣くんたちは――」

紅玉が視線を公園の中に向ける。

瑠衣は朱陽や蒼矢と一緒にシーソーに移動していた。一人の瑠衣に対して二人で乗っているのだ。きゃっきゃと甲高い笑い声が聞こえてくる。

「朱陽、蒼矢、瑠衣くん、帰るよ」

梓が口に手を当てて呼ぶと「えー」とか「もーちょっとー」と声が返ってきた。

「雨が降るよ……」

言いながら向かう梓の前を男性がよぎった。その人は迷わず瑠衣たちのいるシーソーに向かう。

「え？」

男性は片側に座っている瑠衣に話しかけた。瑠衣が怪訝《けげん》な表情で見上げている。

（まさかストーカー？）

朱陽と蒼矢は突然瑠衣に話しかけた大人の男の人に驚いた。だがすぐに瑠衣が悪い人に追いかけられていることを思い出す。

「すーとーかー！」

朱陽が叫んだ。

「そーちゃん、つかまえて！」

朱陽の声に蒼矢がシーソーから飛び降りる。シーソーはバタンと持ち上がり、瑠衣の乗っている方が地面についた。

「つーかまえる！」

蒼矢が地面に手のひらを押しつけると、男性の足下の草がざわざわと伸び始めた。それはフィルムを早回しにしているようにあっという間に成長し、彼の足に絡みつく。

「え？　なんだ、これ」

男性は気づいてあわてて足を持ち上げた。ぶちぶちと草の切れる音がした。

「とりしゃん！　きてー！」

朱陽が両手を広げる。公園内の木々に止まっていた鳥が、朱陽の呼びかけに応えていっせいに舞い上がった。

「うわっ！」

黒い雲のようになった鳥の群れが男性の周りに集まり、さかんに鳴きながら鋭い爪やくちばしで攻撃を始めた。

「た、助けてくれ！」

男性は頭を覆いうずくまる。瑠衣はシーソーに座ったまま、あっけにとられてその姿を見ていた。

紅玉と翡翠がすぐに男のもとに駆け付けた。

「僕らの見ている前でいい度胸《どきょう》やねえ」

紅玉が鳥の群れの中から男性を掴みだした。

「この場に現れたことを後悔させてやる」

今にも殴らんばかりに拳を振り上げた翡翠に瑠衣が叫んだ。

「待って！　この人、ストーカーじゃないよ！」

「え？」

瑠衣はまだシーソーに乗っている朱陽を地面にぶつけないよう、そっと降りた。そして翡翠に襟首を掴まれている男に近寄る。じっと顔を見つめ、目を何度も瞬かせた。

「……もしかして、パパ？」

「瑠衣……」

鳥の攻撃のせいで顔や手のあちこちに小さな傷を作った男性は、ほっとした顔で瑠衣と、そして周りにいる翡翠や紅玉、子供たちを見回した。

「そうです。僕は瑠衣の父親の……恩田《おんだ》です」

遅れて駆けつけた梓は、天候も崩れそうだしとりあえず、と家に引き上げることを提案した。

公園から家に辿り着いたとたん、ぽつぽつと地面が丸く濡れだした。


「それでなぜ父親が息子をストーキングしていたのだ」

居間のこたつに大人が四人と子供たちが五人。さすがに窮屈《きゅうくつ》なので、子供たちには座敷に行って遊んでいるようにと言った。

だが四人とも瑠衣を守るように、そばにぴったりとくっついている。

「やだ！　そいつわるいやつでしょー！」

蒼矢が大きな目で瑠衣の父親を睨みつける。

「違うよ、瑠衣くんのパパなんだって」

「パパでもすかーとーはいてるんでしょっ!?」

「スカートちゃう、ストーカー」

ここはつっこんでおかないと、と紅玉が冷静に返した。

「違います」

恩田はあわてて言った。

「昨日、亜紀《あき》から……瑠衣の母親から電話をもらいまして……」

亜紀は電話口で激しい調子でこう言った。

「瑠衣をつけまわすのはやめて！　あの子は順調に俳優として成長しているの！」

驚きました、と恩田は首を振る。

「僕は昨日までアメリカに出張してたんです。そんな僕が瑠衣をつけることなんてできません」

それでも亜紀は聞かなかったらしい。

「うそよ！　今日だってマンションの前まで来てたじゃない！」

その日、恩田は成田のホテルに泊まっていたので、世田谷《せたがや》の瑠衣の家にいくことはできない。

「パスポートの日付と成田のホテルの写真を送ってやっと納得してもらいました」

「そっか。瑠衣くんのお母さんが決着をつけると言っていたのは、ストーカーが元の旦那さんやと思っていたから……なんとかできると考えたんやな」

紅玉がわかった、と手を打ち合わせた。

「はい。最初から僕がストーカーだと決めつけているようでした。亜紀は昔から思い込みが激しいんです」

「どうして瑠衣くんが池袋にいるとわかったのだ？」

「僕も瑠衣が心配だったので……、亜紀から羽鳥さんの住所を聞きだしたんです。渋ってましたが僕だって親ですから」

恩田は梓に向かって頭を下げた。

「瑠衣を預かってくださってありがとうございました。公園を通りかかったのは偶然です。でも、すぐに瑠衣がいることがわかりました。それで思わず……」

「どうして？」

うつむいていた瑠衣が初めて顔を上げて父を見た。

「なんで僕が心配なの？　パパとママは僕のせいでリコンしたんでしょう？」

目の縁《ふち》が赤くなり、涙が今にも零れ落ちそうだ。朱陽は心配そうに瑠衣に体を寄せ、白花も瑠衣の手をぎゅっと握る。

「それは違う、瑠衣」

恩田はこたつの上に身を乗り出した。

「確かにおまえのことでパパとママはよく喧嘩をした。でも違う。パパとママはお互いに自分のしたいことが一番優先だったんだ。互いに譲り合うってことができなかった。おまえを大事にすべきだったのにできなかった。それが……一番の原因だ」

恩田は居住《いず》まいを正し、背をまっすぐに伸ばした。

「ごめんよ、瑠衣。パパは……もちろんママも、おまえが大事だ。今だって大好きだよ」

「パパ……」

瑠衣の目から涙がぽろぽろ零れる。それを見て蒼矢が立ち上がって瑠衣に抱きついた。

「なかせた！　やっぱ、わるもんだ！」

その蒼矢の服の裾を玄輝がひっぱる。

「ちがう」

「なんなの、げんちゃん！　そいつわるもんだよ！」

「……蒼矢くん」

瑠衣は洟をすすりながら蒼矢の頭に手を乗せる。

「ちがうんだ、蒼矢くん。僕、嬉しくて泣いてるんだ」

「え？」

「パパとはずいぶん会ってなかったから……最初はわかんなかったけど、やっぱり僕のパパだから」

蒼矢は不可解な顔をして、答えを求めるように梓を見る。梓は蒼矢にうなずいてやったが、それは彼の求める答えではなかったらしく、ふくれっ面《つら》でどすんと尻を下ろした。

「僕もパパに会えて嬉しい……」

「テレビではよく観てたけど……瑠衣は大きくなったな」

父親は感慨深そうに息子を見つめた。

「どうしても聞きたかったことがあるんだけど……瑠衣は本当にこのまま役者を続けていっていいのかい？　もっと小さいときは飛行機に乗りたいとかロボット作りたいとか言っていたよね。テレビに出たりするのは……ママが望んでいるからじゃないのかい？」

恩田の言葉に瑠衣は少し考えるように首をかしげた。

「まだよくわかんないんだ。お芝居は楽しいよ。ドラマの現場にいるのも……待ち時間はキツイけど、カメラが回っているときはドキドキする。シナリオを読んで、役のことを想像するのも好き」

瑠衣は一言ずつ、言葉を自分で確認するように言った。

「子供の役が短い間しかできないのもわかってる。僕が大人になって、それでもまだ演技をすることが好きならきっと僕は役者になりたいんだ。それでもし、他のことがやりたくなったら」

瑠衣は明るい顔を父親に向けた。

「そのときはパパに相談する」

「……そうか」

恩田は目をしばたたかせた。

瑠衣はちらっと梓を見て、微笑《ほほえ》みを浮かべた。梓が公園で言ったことを瑠衣はちゃんと聞いていてくれたのだ。梓も微笑んで瑠衣にうなずき返す。

「やっぱり瑠衣は大きくなったなあ」

父親は鼻をすすりあげ、なんどもうなずいていた。


「るいちゃんのパパ、かっこいいね！」

恩田が帰ったあと、朱陽がそう言うと瑠衣は照れくさそうに笑う。

「うん、ママも顔だけはよかったってよく言ってる」

「しかし、それでは瑠衣くんのストーカーというのは……」

翡翠が眼鏡のブリッジを押し上げて呟く。

「瑠衣くんのおかあさん、昨日もマンションまでつけられた、言うてたなあ」

「瑠衣くんがうちにいることを知らないからマンションまで行ったんでしょうか？」

それを聞いていた瑠衣は右手で右の耳をひっぱり、左手で右腕の肘を支えた。スイーツ探偵ポアレの推理ポーズだ。いち早く気づいた翡翠が目をキラキラさせ始めたのを、紅玉が肘でつつく。

「あのぅ……」

瑠衣が遠慮がちに梓に言った。

「僕、思い出したんですけど、持ち物がなくなったり、お弁当が盗み食いされたのって、みんなママのものだったんです」

「ええ？」

「ママの化粧ポーチとか水筒《すいとう》とか……一番気持ち悪かったのはママのネイルチップがひとつなくなってて……あの、もしかしたらストーカーって……」

瑠衣の言葉に紅玉が叫んだ。

「瑠衣くん、今すぐママに電話できる!?」

「は、はい！」

瑠衣はスマホをポケットから取り出して画面をタップした。呼び出し音が続く。

「瑠衣くん、ママは今日どこにいるの？」

「ママは今日テレビ局で打ち合わせだったと」

瑠衣は指の関節が白くなるほど力をこめてスマホを握っていた。

やがて「はい」と小さな声がした。

「ママ？　僕だよ！」

『瑠衣……？』

母親の声が聞けて瑠衣はほっと息をついた。

「ママ……僕、パパと会ったよ」

『……そう、瑠衣、今どこにいるの？』

カツカツとヒールを打ち付ける音が声の向こうで響いている。どこか反響のする広い空間か。母親は急ぎ足で歩きながら答えているらしい。

「羽鳥さんちにいるよ。みんな一緒」

『そう、よかった。ママ、瑠衣をつけまわしているの、パパかと思って』

母親の声はヒールに消されるほどの小ささだった。

「うん。パパじゃなかった。ママは今どこなの？」

『瑠衣のところへいこうと思って今東池袋についたところ……雨が降っているから駅の地下通路にいるんだけど……ねえ、瑠衣』

電話の向こうで母親の声がさらに低くなる。

『なんか、だれかつけてきてるみたいなの……』

「ママ⁉」

紅玉は翡翠を振り向いた。翡翠はうなずくとすぐに立ち上がって部屋を飛び出す。

「ママ！　すぐに警察に電話しなよ！」

『もうじき出口だから……』

「ママ！」

「瑠衣くん、大丈夫。今、翡翠さんがママを迎えに行ったから」

「で、でも、ここから駅までは……」

と、不意にスマホから小さな女性の悲鳴があがり、しかしそのすぐあと、聞きなれた男の怒鳴り声が響いてきた。

「翡翠さんの声だ」

聞きとった梓がうなずく。

「ママ！　ママ！」

瑠衣がスマホに向かって叫んだ。ややあって、落ち着いた女性の声が答えた。

『大丈夫よ、瑠衣。急に知らない人に駆け寄られたんだけど、瑠衣の知り合いだっていう人が来てくれて止めてくれたの』

『私だ。亜紀さんに飛びつこうとしたので取り押さえた。あろうことか、スタンガンを持っていた。おかげで私の一部が蒸発したぞ。現行犯だな』

スマホから不機嫌極まりない翡翠の声が聞こえてきた。内容に梓は思わず紅玉と顔を見合わせる。

「大丈夫なのか？　カサは減ってないか？」

「翡翠さん、帯電《たいでん》したまま帰ってこないでくださいね」

『私の英雄的行為に帯電の心配か？　とりあえずこいつは警察に渡しておく』

得意げな声を残して通話が切れる。しばらくして瑠衣の母親の亜紀が息を切らして羽鳥家にたどり着いた。

「ママ！」

「瑠衣！」

親子は玄関先で抱き合った。

「ストーカーは瑠衣くんじゃなくて瑠衣くんのママが目当てやったんやな」

瑠衣の母はそのあと警察に行き、ストーカーの被害届を出した。ストーカーはテレビ局のドラマスタッフだったらしい。ストーカーは禁止命令を受けたらしい。

「でも刑務所とかにはいるわけじゃないんでしょう？　今後大丈夫でしょうか」

電話で瑠衣からその報告を受けた梓は、心配げに紅玉と翡翠に言った。

「なに、大丈夫だ。あのストーカーにはちょっとした灸《きゅう》を据えてやった」

翡翠がにんまりと笑う。

「お灸、ですか？」

「そうだ。今後瑠衣くんの母親をちらとでも見たら、即、下痢《げり》するように体内水分をいじっておいた」

「ああ、それ、実に効果的な禁止令ですね」

電話では子供たちも瑠衣と楽しくおしゃべりをした。

# 終

『今、東北に来ているんですが、こっちは雪がすごいです』

「そうなんだ、風邪をひかないようにね。子供たちも瑠衣くんの新しいドラマ、楽しみにしてるから」

梓の後ろで順番待ちをしていた子供たちは我先にとスマホに群がる。

「るいくんー、こにちわー、ごあんたべてるー？」

『こんにちは、あーちゃん。ご飯おいしいよ』

「るいー、あそびにこないのー？」

『そーちゃん、ごめんね。ロケが終わったらまた遊びにいくね』

「るいくん……どらまがんばってね……もときたかしちゃんにあったら……」

『うん、しーちゃんがよろしく言ってたって言うよ』

「やあん、ゆわないでー」

玄輝は何も言わずスマホ画面にうんうんとうなずいた。

『羽鳥さん、僕、ドラマ楽しいです』

耳元で瑠衣の明るい声がする。これはきっと本当の瑠衣の言葉。

「うん、瑠衣くん。みんなで応援してるからね」

そう言って通話は終了したのだが、その直前に……。

「ねえ、紅玉さん」

縁側で背を丸めてお茶を飲んでいる紅玉の隣に、梓は腰を下ろした。

「なんや？」

紅玉の視線の先の庭では、子供たちが地面を掘り返したり、南天の実を集めたりして遊んでいる。

「瑠衣くんが最後に気になることを言ってまして」

「なんや？　ストーカーのこと？」

「いえ」

梓はほうっとため息をついた。

「翡翠さんや子供たちのことは僕たちの秘密ですね、って……。どうも、バレているみたいで」

「そりゃそうやろ。公園で派手に力使ったから」

「大丈夫でしょうか？」

「大丈夫やろ」

紅玉は笑う。

「秘密って言ってくれてるし。それに瑠衣くん自身、不思議の国で生きてるようなもんや。仲間やよ」

「そう、ですね」

庭にいた子供たちが梓を見つけて駆け寄ってくる。手に手に南天や蜘蛛《くも》やミノムシ、石の裏で眠っていた団子虫《だんごむし》を見せてくれる。

冬の空気は冷たいが、子供たちの頬は温かい。冬枯れの庭に子供たちの頬にだけ、一足早く桃の花が咲いたようだった。

第二話

# 神子たち、はじめてのおつかい

# 序

おつかいにいきたい。

蒼矢《そうや》と朱陽《あけび》が言い出したのは、夕食のあとにみんなで観ていたテレビのせいだ。

みんなというのは四人の子供たちに梓《あずさ》と紅玉《こうぎょく》、翡翠《ひすい》。ちなみに今日のおかずは鳥団子《とりだんご》と白菜《はくさい》に豆腐《とうふ》のお鍋。豆乳《とうにゅう》スープのまろやかな味が子供たちに大人気の一品。

蒼矢と朱陽が真似したいと言った番組は、子供たちの健気《けなげ》さが人気の「はじめてのおつかい」。

小さな子供たちが初めて自分たちだけでおつかいに行く、という日常のヒトコマをドラマにまで昇華したドキュメンタリーだ。

「あじゅさ！　おれもおつかいする！」

「あーちゃんも！」

二人はこたつの天板《てんばん》に手をつき、おしりをぴょんぴょん跳ね上げた。

「いや、でもここは池袋《いけぶくろ》だしね。人が多いし大通りもあって車も走ってるし、危ないよ」

「だいじょーぶ！　えきまでいっちょにいってるでしょー？　あーちゃん、えきまでわかるもん！」

「くるまのはしってるとこ、でないからへーき！」

「あじゅさ……しらぁなもおつかいしたい……」

今まで黙っていた白花《しらはな》も言い出した。おそらく食後のリンゴを食べ終わったからだろう。

「げんちゃんも……したい、よね？」

白花の言葉に玄輝《げんき》もうなずく。いや、もしかしたらあれは眠くて舟を漕《こ》いだだけなのではなかろうか？

「みんな、あの番組はね、あくまでもテレビ番組として作られているんだよ。この世界には演出、というのがあってね」

「子供相手になにを夢も希望もないことを言っている、羽鳥梓《はのとり》」

翡翠が眼鏡の奥の瞳をやたらキラキラさせながら言った。

「子供の成長をみるにはもってこいのイベントだろう！」

止めて、と梓は紅玉を見た。紅玉は普段笑顔を絶《た》やさないが、このときは少し厳しい顔になっていた。

「待てや、翡翠。そんなん急に言い出しても困るやろ」

紅玉は渋い口調で言う。さすが紅玉さん、と梓が拝《おが》みそうになった途端、

「カメラとか隠しマイクとか用意するもんたくさんあるのに」

あ、だめだ。ノリノリだ、と梓は頭《こうべ》を垂れた。

「タカマガハラの方々も観たいだろう、子供たちの成長を！」

「愛と涙と感動の大巨編やな！」

とりあえずこの二人がこの番組のファンだということはわかった。

「本気なんですか、翡翠さん、紅玉さん」

「もちろん！」

二人の声が重なる。

「ほんまに危なくないように僕らがちゃんと見守っているから」

「私が子供たちを危険な目に遭わせると思うか、羽鳥梓」

代わる代わるせっつせっつと言われ、ほとんど押し切られる形で梓は承諾した。

まあこの年も終わるし、一年の締めくくりということでイベントに協力しようか、という気持ちもあった。

さあ、そこからの二人の行動は早い。翡翠はさっそく機材を買い込み、紅玉はあちこちに電話をして人手を集め始めた。

梓にできることと言えば、何度も子供たちを目的のお店に連れて行って道を教えることだけだ。

その道には三つほど大きな難所がある。

ひとつはスクランブル交差点のある大通り。

ひとつはその交差点からサンシャイン大通りに入る小さめな道路。道路も危ないが、なにせその通りの前は人通りが多く、時折大道芸やストリートミュージシャンが立つ。

最後にサンシャイン大通りから東急ハンズの横にある大エレベーターを降りてサンシャインに入り、動く通路を経て地下道を歩き、目的地であるケーキ店に到達する……。

それを考えると無理だ、と頭の中で警報が鳴り響く。

「さんちゃいんなんて、いつもいっててつまんないよー」

なのに蒼矢は不満そうに文句を言った。

「もっとばしゅにのったりでんちゃにのったりしたい！」

とんでもない！　と梓は首を振る。

「それはもうすこし大きくなったらね。とにかく初めてのおつかいなんだから、まずよく知っている場所から始めないと。チュートリアルってやつだよ」

「ちゅー……」

「チュートリアル。いつか本番をこなすための重要なミッションだよ、ミッション・インポッシブル！」

「おー……かっこいい……」

蒼矢はとりあえずカタカナ語に弱い。ミッションをインポッシブルしたらまずいのだが。

「あじゅさ、けーきやさんにいったらあーちゃんのすきなけーきかってていいの??」

朱陽は目的のお店がケーキ屋さんだと教えられてからは、おつかいよりケーキの方が気になるようだった。

「いいよ。みんなそれぞれ好きなもの買って」

「それがむじゅかしい……あーちゃんすきなのいーっぱいあんの……わがんまぼでぇなおんなだから」

色々意味が間違っているし、どこでそんな言葉を覚えたのかとつっこみたいが、梓は我慢した。

「いろいろ悩むのも楽しいと思うよ」

白花は神妙《しんみょう》な顔をして梓に尋ねた。

「あじゅさ……おつかいのとき、そーちゃんがわるいことしたら……ビリビリしていい?」

蒼矢が悪いことをする前提になっている。確かに四人の中で蒼矢が一番はしゃぐだろうことは予想できる。そしてそんな蒼矢を止めることができるのは白花だけだ。

「う、うん。でもお外は電気を使うものいっぱいあるから、できるだけ力を押さえてね。玄輝や朱陽にも相談してね」

「ん……しっかりそーちゃんを……つかまえとく……」

白花がなにやら悲壮な決意をしている。梓はこっそり玄輝に耳打ちした。

「頼むよ、玄輝。白花がやりすぎないように、見張ってて」

玄輝は眠たげな顔でこっくりとうなずいた。

そして準備は整って十二月の晴れた日の午後。神子たちの初めてのおつかいが始まった。


—


子供たちは色違いのダウンジャケットを着込み、おそろいの白い帽子をかぶっている。

足下はマジックテープで止めるタイプのスニーカー。

実は帽子にはアクセサリーのように小さなマイクがつけてある。これで子供たちの声や周囲の音を拾うという仕掛けだ。

用意を終えて梓はそれぞれの首に大きな札をかけさせた。

それには「初めてのおつかい。大人監視中」と大きく書いてある。

「これなーに？」

朱陽は胸にさがった札を手にして言う。

「お守りだよ。みんなが無事に帰ってこれるようにね」

「ふーん」

「お財布は朱陽と蒼矢がひとつずつ持っててね。玄輝は緊急ブザーだよ」

「あじゅさ、しらぁなは……なにももたなくていいの？」

「白花は蒼矢をしっかり見ててね」

財布を預かった朱陽と蒼矢はそれぞれ自分たちのポケットにしまい、玄輝はブザーを口の中に入れようとした。

「玄輝、食べちゃだめ」

梓はやんわりとその手を下ろさせる。玄輝がちょっと唇をゆるませたので、もしかしたら冗談のつもりだったのかもしれない。

「じゃあ、梓たちはうちで待ってるからね。気をつけていってくるんだよ」

「まーかしぇて！」

朱陽が力強く片腕をあげる。

「あじゅさ、ひーちゃん、こーちゃん、あとついてきちゃだめだよ、すかーとーになるからね」

蒼矢が念を押した。

「しらぁな、……がんばる」

少しだけ不安そうな顔をする白花。あくびをする玄輝の手をぎゅっと握っている。

「うん、みんないってらっしゃい」

「いってきまーす！」

子供たちは元気よく答えると家を飛び出した。

「よし、出かけた。あとを追うで」

紅玉がハンドカメラを手に梓に合図をする。梓は框《かまち》に座り込んでいる翡翠を振り返った。

「それじゃあ翡翠さん、留守番お願いします」

「た、頼む。私も連れていってくれ！」

翡翠は框に両手をついた。

「だからだめだって。おまえ、子供たちを黙って見ていられないだろ？　それにおまえは気配がわかりやすすぎる。せっかくみんなが張り切っているのに、おまえがいることがわかったらテンション下がるやろ」

「昨日、納得してくれたじゃないですか、翡翠さん」

紅玉と梓に言われて翡翠が眼鏡から涙をあふれ出す。

「それはそうだが〜そうなんだが〜頼む〜〜」

「おとなしく部屋でモニタリングしておけ」

すがりつく翡翠を紅玉が無理矢理ひきはがした。

「翡翠さん、あとで水拭いておいてくださいよ」

梓は水浸しになった玄関を見ながら言葉を放り投げた。

「あああ～！」

家の中から翡翠の泣き声が聞こえたが、きりがないので二人はさっさと玄関の戸を閉めた。


その頃タカマガハラでは。

「さあ、はじまったぞ。子供たちの『はじめてのおつかい』！」

アマテラスが五〇インチの壁掛けテレビの前に陣取り、リモコンのスイッチをいれる。画面には「いってきまーす」とかわいらしく手を振る子供たちが映し出された。

「そら、座れ座れ。おまえのような大きな男が立っていると部屋が狭く見えてかなわん」

アマテラスに手をひらひらと振られ、スサノオはどかりとソファに座った。その振動で、端に腰かけていたワダツミのからだがどんと飛び上がる。

「スサくん、もうちょっとソフトに座ってくれない？」

「仕方ねえだろ、このソファのクッションが効きすぎてるんだ。それより姉上、これはどうにかならんのか」

スサノオはテレビの前のテーブルに置かれた茶菓子を目で差した。

「どうにかとはなんだ？」

置かれているのは豆菓子に干しいも、薄焼き煎餅《せんべい》、それに湯気《ゆげ》の上がった湯飲みだ。

「田舎のばあちゃんかよ。夏休みで帰省した小学生が泣くレベルだぞ」

「なにを言うか。豆菓子、干しいも、米菓《べいか》は日本の文化だぞ」

「まあまあ、スサノオさま。オワがちゃんと別なものを用意しとっちゃ」

別の椅子に座っていたクエビコが後ろからポテトスナックを出してくる。

「いや、菓子もいいが、こう、きゅーっと冷えたビールとかな……」

「お主は酒癖が悪いから今日はアルコールなしだ。酔ってテレビを機織《はたお》り小屋に投げ込まれてはかなわん」

スサノオの言葉をすかさずアマテラスが遮《さえぎ》る。

「またそんな何万年も前の話を蒸し返す……」

「ほらほら、始まるよ、みんな」

クエビコの肩に乗っているスクナビコナが画面を指さす。子供たちが羽鳥家の門扉を出て行くところだった。

「あら、みんな。こんにちは」

子供たちは門扉をでたところでお隣の仁志田《にしだ》のおばあちゃんに会った。おばあちゃんは目を細めて子供たちの胸に下がった札《ふだ》を読む。

「あらまあ……みんなおつかいなの？」

「なんでわかったの？」

蒼矢がびっくりして聞いた。おばあちゃんは口に手を当てて「ええっと」と言葉を濁《にご》すと、

「……みんなおつかいに行くようなお顔だから」

とごまかした。

「そうなの、おつかいよ――！」

朱陽が元気よく言う。

「あじめてのおつかい！」

蒼矢も自慢げに胸をそらす。

「あらまあ、えらいわねえ。みんな大きくなっちゃって……ほんとに子供ってすぐに大きくなるのねえ」

仁志田夫人は感慨深げにつぶやき、みんなの頭を帽子の上から撫でた。

仁志田夫妻には子供たちが二歳くらいの大きさになったときから会っている。ふつうの

子供たちに比べて羽鳥家の子供たちは確かに成長が早い。見た目には四歳ほどに見えるだろう。だが夫人はあまり気にしないようだ。子供が成長していくのが嬉しいらしい。

「じゃあ気をつけていってらっしゃい」

「いってきまーす！」

子供たちはおばあちゃんに手を振ると、再び元気よく歩き出した。梓と紅玉はそのとき門扉から顔を出し、仁志田夫人に挨拶する。

「うふふ、おつかれさま」

紅玉の手元のカメラを見て、夫人が声をひそめて笑う。

「あとで私たちにも観せてくださいね」

「はい、よろこんで」

嬉しそうに言う仁志田夫人に梓も笑顔で答えた。


「あの老婦人は確か先ごろ腕を骨折したのだったな」

アマテラスが画面の中の仁志田夫人を指さした。

「そうそう。手術を受けて今は肩にチタン製のビスが入っているんだって」

医《い》の神でもあるスクナビコナが答える。

「からだに金属が入っているとはなんだか怖いのう。あの婦人には子供たちも世話になっておる。早く治るようにお主《ぬし》からも加護を授けてやってくれ」

アマテラスの言葉にスクナビコナは首を振った。

「手術を受けてもう治療は済んでいますからねえ。あとはリハビリのみだからボクにはなんとも。せいぜい痛みを軽くするくらいかな」

「それで充分じゃ。腕が思うように動かないのはつらいことだ」

アマテラスは痛ましそうに仁志田夫人を見つめた。

「そろそろ住宅街を抜けるようやちゃ」

クエビコが画面を見つめながら心配げに呟いた。


子供たちは仁志田さんの家の前を横切り、喜多川《きたがわ》さんの家を過ぎると車の往来のある道へと出た。

この道は歩道と車道の区別がない。交通量は少ないが、自分たちで注意しなければならない。だが、子供たちは梓に言われたことをちゃんと守り、右側の壁に沿って一列で歩いた。

並んでいる電信柱をつなぐ電線には、カラスが何羽か止まっている。中にかなり大きなカラスがいた。ほかのカラスが鳩《はと》くらいに見える大きさだ。朱陽がそれに気づいて手を振る。カラスはぴくりとも動かずじっと身をすくめている。

「あのカラス、高尾《たかお》の天狗《てんぐ》やで」

紅玉が梓に言った。

「護衛してくれとるんや」

カラスは子供たちの進行をじっと見つめている。真下を通り過ぎたあと、ちょんちょんと電線を跳ねてあとをつけるが、からだが大きすぎて電線が不穏に揺れた。

「僕たちの他にも子供たちを見守っていてくれる人たちがいるんですか？」

「そらそうや。高尾の天狗たち総出やで」

紅玉が電話で手配してくれたのだろう。そんなふうに言われると、反対側の道で立ち話している男女も、子供たちのそばをゆっくりと通り過ぎる自転車の男性も、みんな天狗に見えてきてしまう。

「悪いですよ、こんなお遊びに天狗さんたちをつきあわせるのは」

「なに、かまへん。タカマガハラの神々もこのライブを楽しみにしとられる」

「リアルタイムで見てらっしゃるんですか？」

「そやで。たぶん、アマテラスさまなんかかぶりつきや。天《あま》の岩戸《いわと》以来やないかな」

テレビの前で身を乗り出しているアマテラスを想像しておかしくなる。

「ほら、梓ちゃん、いよいよ大通りやで」

最初の難所《なんしょ》、スクランブル交差点へやってきた。たくさんの人が信号待ちをしている。

ほとんどの人間は子供たちに気づいていないが、何人かは子供たちの胸に下がった札に気づいてきょろきょろしていた。おそらく保護者の存在を探したのだろう。

「ね、ぼくたち。信号一緒にわたろうか？」

スーツを着た若い女の人が子供たちに声をかけてくれた。

「おれたちはじめてのおつかいなのー」

蒼矢が不満そうに言う、

「うん、えらいねえ。でもここの道路大きいから、危ないわ。一緒に渡りましょう？」

蒼矢は振り返って玄輝にどうする、という顔をした。玄輝は女の人を見上げる。にっこり微笑まれてしまえば、玄輝に断るという選択肢はない。

「いっしょに、わたる」

玄輝は重々しく言い、女の人が差し出した手を握った。

信号が変わりメロディが流れる。子供たちはさっと片手を上に挙げた。

緊張した顔で横断歩道を渡る四人の子供たちに、反対側から歩いてくる大人たちはみなにこやかな顔になる。

「あの女の人も天狗さんでしょうか？」

「いや、あれは……」

梓と紅玉は子供たちに見つからないように少し離れた場所で道路を渡った。子供たちにつけたマイクは感度も良好で、女の人の声も車の音もよく聞こえる。

横断歩道を渡り終えた子供たちは、女の人に向かってぴょこりと頭をさげる。

「あいがとー！」

「じゃあ気をつけてね」

女性はにこにこと笑いながら手を振った。

「倉稲魂命《ウカノミタマノミコト》さま」

紅玉はカメラを梓に預け、女性の前で頭を下げた。

「ありがとうございます」

「いいえいいえ、池袋の住人としておせっかいをやいただけですよ。私は厄避《やくよ》けの神ですから」

ウカノミタマは豊島《としま》区雑司ヶ谷《ぞうしがや》にある大鳥神社《おおとりじんじゃ》にまつられている女神だ。

「子供たちの成長が楽しみね。みなさんがんばってください」

優しい笑顔を残して女性の姿をした神は街角に去っていった。

「さあ、続きだ」

紅玉は梓の背中をたたいて子供たちを追いかけた。

「へえ、あの美人はウカちゃんだったの？」

ワダツミが身を乗り出して言った。

「うまいこと化《ば》けてるネ」

「大鳥神社の主神は誰だったかの？」

「ヤマトタケル殿やね。あのかたは出不精《でぶしょう》やからウカノミタマ殿にお任せしたがでしょう」

アマテラスの質問に、地上のことはなんでも知っているクエビコが答える。

「しかし人間どもは薄情だな。あんなガキどもが横断歩道を渡ろうっていうのに、誰も手助けしねえとは」

スサノオが憤慨した様子で豆菓子をぼりぼり噛みながら言った。文句を言ったわりには一人で食べている。

「そうでもないよ、けっこう周りの大人たちは気にしてたもの。きっとウカ殿がいなければだれかが声をかけてくれていたと思うな」

スクナビコナが穏やかにスサノオを宥《なだ》める。

「そうかねえ」

「あ、人の子が子供たちに声をかけたよ」

スクナビコナの声に神々はいっせいに身を乗り出した。

スクランブル交差点を渡ったあとは人の多い歩道となる。呼び込みやチラシを渡す人、ティッシュ配りの人もいる。

「おや、初めてのおつかい中？」

ティッシュ配りのお兄さんが、子供たちの札に目を留めて話しかけてきた。

「紅玉さんあれは……天狗さんですか？」

「いや、あれは普通の人間やな」

離れた場所からカメラを回しながら紅玉が答える。

「さあ、どうするかな、子供たち」

朱陽はティッシュ配りのお兄さんに「こにちわー」と挨拶した。

「あーちゃんたち、はじめてのおつかいなの。どーしてわかったの？」

「え、そりゃあ……」

お兄さんは子供たちの胸の札を指さそうとしたが、思い直したか手を下ろした。

「えっと、なんとなくね」

「あーちゃんたち、けーきかいにいくのよ」

「そうかあ、いいねえ。お兄ちゃんもケーキ大好きだよ」

「じゃあおにーちゃんにもけーきかったげる！」

朱陽が大声で言うと、お兄さんは慌てて手を振った。

「残念、お兄さんお仕事中だからね、ケーキ食べられないんだ」

「おしごとしてるとケーキたべちゃだめなの⁉」

朱陽がショックを受けた顔をした。

「おしごとしてるひと……かわいそう……」

「ああ、ええっと」

お兄さんは朱陽が悲しそうな顔をしたので慌てたらしい。

「大丈夫！　お兄さん、お仕事終わったらおうちでケーキ食べられるんだ！」

「ほんとう？」

「ほんと、ほんと。ケーキ食べるために頑張《がんば》ってお仕事してるの。だからこのティッシュ、みんなにあげるね」

お兄さんは子供たちに一つずつティッシュを渡した。

「これがお兄さんのお仕事」

「そっかあ」

子供たちはそれぞれもらったティッシュを見せ合った。

「じゃあおにーちゃん、おしごとばんがってね！」

子供たちは手を振ってお兄さんと別れた。そのあと梓と紅玉は急いでティッシュ配りのお兄さんのもとへ走った。

「すみません、今の子たちに渡したティッシュって……」

もしアダルトなものだと困る。だがお兄さんが笑って見せてくれたティッシュには、新装開店のドラッグストアの案内が載っていたものなので安心する。

「子供たち、めっちゃかわいいっすね」

お兄さんは顔をほころばせて言った。

「俺、ティッシュ配ってて挨拶してもらえたの初めてっす。いろいろあってアレだけど、今日はこれからも頑張れそうな気がするっすよ」

「そうですか。そう言っていただけて嬉しいです。お仕事がんばってください」

お兄さんの笑顔に梓も笑顔で応えて頭を下げた。


「なかなかよい青年ではないか。来年はいい縁を結んでやろう」

アマテラスが顔をほころばせる。

「いい年してティッシュ配りとは情けない。俺さまがどこぞの大企業との縁を結んでやろうか」

縁結びの神でもあるスサノオが身を乗り出す。その肩をアマテラスが押しやった。

「職業に貴賤《きせん》はないぞ、スサ。ティッシュ配りとて必要があるから成り立っているのだ。どっちかというと恋愛成就《じょうじゅ》の方がよい」

「男は仕事だろ」

スサノオがアマテラスを睨む。

「愛も大事だ」

弟と姉は睨みあった。また喧嘩になりそうなところをスクナビコナが割って入る。

「縁結びは一〇ヶ月も先の話ですから、それまでにお二人で話し合えばいいと思いますよ。ほらほら、子供たちが道草を始めた。観なくていいんですか？」

子供たちの進行方向に人だかりがあった。若い男性が路上で芸を見せている。細長い棒を何本も放り投げて受け止めたり、小さな箱を何個も重ねてそれを額に乗せ歩いてみせたりする、いわゆる大道芸人《だいどうげいにん》だ。

「ねー、あれ」

蒼矢が人の輪を指さして言った。

「ちょっとみよう?」

「だめよ、そーちゃん」

白花が即座に却下する。

「しらぁなたち、おつかいのとちゅうだもん」

「でも、ちょっとだけ、ちょっとだけ。ほら、なんかきらきらしてるよ。しらなーのどろだんごみたい」

そう言われて白花も男性の腕に載っている丸くて光っている玉が気になった。

「あーちゃん……」

白花はねだる目で朱陽をみる。

「じゃあ、いっかいだけみよ?」

いいよね? と朱陽は玄輝を見た。玄輝は首を大きく右に傾け、次にがくりと前に倒した。それを玄輝の肯首《こうしゅ》ととって、朱陽は白花と手をつなぎ、人の輪の中にからだをいれる。

蒼矢も玄輝の手をひっぱってあとに続いた。

「今度はこれを頭の上までもっていきます」

若い芸人は右腕から左腕に転がした玉を持って言った。手のひらで何度も撫でると玉が見えないほど早い速度で回転し、滑るように動き出す。それはまるで生き物のようだった。

「わあ、しゅっごい！」

大人たちの足の間から見ていた朱陽と白花が拍手をする。それに気づいた芸人の男は、二人をちょいちょいと手招いて前に出してくれた。蒼矢も玄輝をひっぱって前に行く。

「さあ、もう一回」

芸人は再び球をするすると動かす。透明な球は光を受けてきらきらと輝いた。

「しゅごいねー、しーちゃんのどろだんごもあんなんなる？」

朱陽が小さな声で囁く。白花はじっと見つめて、

「ううん……できない」

と悔しそうに言った。

「そっかー」

だが白花は力強く拳を握る。

「おうちでれんしゅーしてみる」

「そだね」

努力家の白花ならいつかどろだんごを自在に操れるようになるかもしれない。


画面を見ていた神々は白花の決意にこそ拍手をした。

「あんなに幼《おさな》いのに努力をするということを知っておる。なんと聡明なのだ」

アマテラスは熱いものがこみあげたのか、きれいにネイルされた指先で目元を拭う。

「白花は昔からがんばりやさんやしね」

クエビコもなんどもうなずき、目を細めた。

「ねえねえ、見てヨ」

ワダツミがいきなり立ち上がると、どこから出したのか透明な球を手のひらの上で回転させる。

「ああいうのならボクもできるヨ？　今度子供たちが来たら見せてあげようかナ？」

「おい、ワダツミ……」

アマテラスが声をかけたが、ワダツミは聞いていない素振りで球を手のひらから腕に移す。

「ほらほら、上手でしょ？」

「ワダツミ、お主、それ」

「ワダツミさま、そいつはもしかしたら」

アマテラスとクエビコが同時に声をあげた。

「うん。潮満玉《しおみつたま》……あ、」

つるり、と球がワダツミの腕から落ちる。

「うわ――――っ！」

ズズン……とひどい音がした。スサノオがソファから飛び出して、床に落ちる前のそれをキャッチしたのだ。

「バカ野郎！　ワダツミ！　これが割れたら津波どころじゃすまねえぞ！」

「あー、ごめんごめん」

ワダツミは球を受け取って、その表面にちゅっとキスをした。潮涸瓊《しおひるたま》と並んで海の満潮《みちしお》を左右する重要な珠だ。

「つい、使い勝手がよくてね」

アマテラスは強い目でワダツミを睨んだ。

「スサ、こいつから潮満玉をとりあげて天の岩戸へ放りこんどけ」

「玉を？　こいつを？」

パキペキと指を鳴らしてスサノオが物騒な笑みを浮かべる。

「もちろん、」とアマテラスはワダツミを指さす。狭くて暗いところが大嫌いなワダツミは震え上がった。

「ご、ごめん。真面目にやる。もうオモチャにしない。天の岩戸だけは勘弁《かんべん》してー！」

芸人の芸が終わると周りの大人たちは路上に置かれた彼の帽子の中に金を入れだした。

それを見て子供たちは顔を見合わせる。

「おかね、いるの？」

「どうしよう」

財布の中にはケーキを買うためのお金しかない。

「おかね、だしたらけーきかえなくなるかも」

不安そうに言う蒼矢に玄輝は大丈夫、というように指を立てた。両手をあわせるとその中にふうっと息を吹きかける。

玄輝は見守る子供たちに、手の中のものを見せてにっこりした。

「……あれ？」

客が去って、芸人は地面に置いた帽子をとりあげた。中にはお札や小銭が入っている。そのほかに。

「なんだこれ」

芸人はそれを取り上げ驚いた。

「わ、冷たい！」

それは完全な球の形をした、氷でできた玉だった。芸人はそれを手の上で回してみた。するすると、いつも使っているガラスの球と同じようによく動く。

芸人はそれを指先で回すとひょいと空へ放りあげた。

氷の球はそのとたん、パシン、と割れて日差しの中でキラキラと細かな氷の華《はな》を咲かせて消えた。


子供たちがサンシャイン大通りに入った。通り過ぎる人々が子供たちの胸に下がっている札を見て、にこにこしながら道をあけてくれる。

梓と紅玉はハンディカメラをもってそのあとを追いかける。

通りのあちこちにサンタやトナカイのコスチュームを着た人たちがいた。チラシを配ったりティッシュを配ったり笑顔を振りまいたり。お菓子屋の前ではワゴンに色とりどりのお菓子が積まれている。

子供たちにとっては誘惑の多い通りだ。

「おかしー」

蒼矢がふらふらとワゴンに近づこうとする。

「だめ、そーちゃん……。けーきかいにいくのよ」

「でもーほらー」

白花が蒼矢の手をひっぱる。だが蒼矢はからだをワゴンに向けたきりだ。

「そーちゃん……」

白花の切りそろえたおかっぱの先がちりっと光った。

「ぎゃんっ！」

蒼矢が悲鳴をあげてつないでいる手を振る。だが白花は手を離さない。

「けーきかって……おかねのこってたら……おかしやさん」

白花はゆっくりと、しかしきっぱりと言った。

「わかったよぅ」

蒼矢が手を離したくてぶるぶると振るが、白花は決して離さない。蒼矢の行動は自分の責任と思っているようだ。

子供たちは再びサンシャイン大通りを歩き出した。人が多いので四人で広がらず、二人ずつ手をつないでいる。朱陽は玄輝と手をつないでいたが、驚くべきことに、玄輝はずっと目を開けている。

道の途中で眠ってしまったらどうしようと思っていたが、玄輝もやるときはやる。眠たげな顔はしているが、頑張って歩いていた。

「お、なんだー。初めてのおつかい中だって」

前から四人の中学生らしき少年たちがやってきた。

「カメラあんの、カメラ」

「やべえ、テレビにでちまうかな」

中学生たちは騒ぎながら子供たちを取り囲む。

「えっとお、あーちゃんたちけーきかいにいくのよ」

なぜ中学生のお兄ちゃんたちが騒いでいるのかわけがわからず、朱陽は自分たちの行動を主張する。

「ケーキなら俺が買ってきてやるから金よこせよ」

「やベーよ、保護者でてくるぜ？」

「隠れてんだろ、出てきたら撮影おしまいじゃねえか。でてこねえよ」

陰から見守っている梓と紅玉は顔を見合わせた。

「どうする、梓ちゃん」

「確かにここで飛び出すと朱陽たちにあとをつけてきたのバレちゃいますね」

梓の言葉に紅玉が歯噛みする。

「くそ、あいつら調子に乗って」

「あ、紅玉さん、あれ」


同じようにテレビの前で画面を見ていた神々も騒いでいた。

「なんじゃあいつらー！」

アマテラスが憤慨し、

「子供たちが怯《おび》えとんねか。たちのわるいやっちゃね」

クエビコは心配する。

「困ったね。うかつに梓くんたちがでていけないだろうし」

スクナビコナが気を揉んで、

「俺さまが行ってとっちめてやろうか！」

スサノオが拳を握った。そんな中ワダツミが声をあげる。

「あ、待って？　ほらアレ」


騒いでいた中学生たちの上に、ぬっと大きな陰が差す。ぎょっとして見上げると、そこには巨大なトナカイの着ぐるみがいた。

「ちっちゃな子供になにを絡んでいるんだ、お兄ちゃんたちは」

トナカイの着ぐるみは太い声を出した。

「この子たちはおつかいの途中なのだ。さっさと通してやれ」

「な、なんだよ。着ぐるみがえらそうに」

中学生の一人がトナカイの足を蹴る。だが、蹴った足の方に痛みが走ったらしく、うめいてしゃがみこんだ。

「お、おい、行こう」

別の少年が足を抱えてうめいている少年の腕を引っ張る。

「なんだよ、覚えてろよ」

「ばーかばーか」

少年たちは口々に捨てぜりふを投げて逃げていった。トナカイはそれを見送り、子供たちの方を振り返った。

「さあ、もう大丈夫。おつかいにいきなさい」

「……ありがとう」

朱陽は目をパチクリさせてトナカイを見上げる。

「うしさん、つよいね」

「……トナカイだがな」

子供たちは着ぐるみの男にバイバイと手を振って、東急ハンズの横のエレベーターに向かった。

梓と紅玉は急いで助けてくれたトナカイの方へと走る。

「あ、あのすみません。ありがとうございました」

「助かりましたわ、ええっと」

紅玉が頭上で揺れているトナカイの角を見上げる。

「もしかしてフツヌシさまですか？」

「……いや、私は通りすがりのトナカイだ」

トナカイは顔の前でひずめのついた手を振る。

「サンタもいないのに？」

「現在単独で任務遂行中だ」

そう言うとトナカイはさっと身をひるがえした。大きな背中を見送って梓が聞く。

「紅玉さん、今のも神様なんですか？」

「そうや、覚えとるやろ？　フツヌシさまや。子供たちの危機に駆けつけてくださったんやろな」

「ああ、覚えています、はい」

タカマガハラで剣だらけの屋敷に花を咲かせろと無茶ぶりしてきた神様だ。強面で人づきあいが苦手でちょっと面倒な神様。

紅玉はぺこりと頭をさげ、梓もあわててそれに習った。

「さあ、あとはケーキ屋に行くだけや。ラストスパートやで、梓ちゃん」

「はい！」

しかし家へ帰るまでが遠足、という。ケーキを買って無事に帰りつけるだろうか？

画面を見ていた神々は、そろって安堵し胸をなで下ろした。

「いやあ、あそこでふっくんがでてきてくれるとはネ？」

「思わずテレビを破壊するところだったぜ」

「やめてくれ、先月購入したばかりだ」

「この長いエレベーターを降りて、動く通路に乗っていればサンシャイン六〇に到着するんだね」

「そ、そ。そしてそこにいよいよケーキ屋さんというわけやちゃ」

「クライマックスだな！」

アマテラスは湯飲みをとりあげ、ごくりと飲む。

「こんなにハラハラすることはここしばらくなかったぞ」

「アマテラスさま、心を落ち着けてくだされよ。地上の日照に影響がでっからね」

# 二

ケーキ屋さんの自動ドアが開くと、子供たちは待ちかねたように「わっ」と店内に駆け込んだ。透明なケースに張り付き、目を輝かせる。

「どれにする？　どれにする？」

「しらぁな、いちごがのってんの！」

「あ、おれも！」

「……チョコ」

「あーちゃんね！　あーちゃんね！　あーちゃん、どれにしよう……！」

なんでも買っていいよという梓のお墨付きをもらっている子供たちは大興奮だ。店員は四人の子供たちに驚いたようだったが、胸からぶらさがった札に納得する。

「うえのほうにもある、とんでいい？」

朱陽の足が床から離れかけている。そのからだがさっと背後から抱き上げられた。

「かわいいお客さんね。でも、お店では静かにね」

品のよい夫人が朱陽を抱き上げ、ケースの中を見せる。

「ほら、上の方も見えるでしょう？」

「ありがと……」

朱陽は恥ずかしくなったらしく、小さな声でお礼を言う。しかし、目はしっかりとケーキを見ていた。

「あーあけびいいなー、おれもー」

そういう蒼矢もふわりとからだが浮き上がったかと思うと、見知らぬ男性に抱《かか》えられていた。男性の鼻の横からぴんと口ひげが伸びている。

「そら、坊主。どれだ？」

「えっとーえっとーねー」

上品な婦人と紳士は順番に子供たちを抱え上げてくれた。上の段も下の段もすっかり見た子供たちは、じっくりと選ぶケーキを考えはじめる。

「あいがとー、おじちゃん、おばちゃん」

「どうしたしまして。初めてのおつかいは楽しいわよね」

「うん！」

二人は子供たちに見送られながら店を出て行った。この二人が実はなにも買っていないことは、カメラを回していた梓と紅玉しか気づいていない。

「紅玉さん、今の方たちは……」

「うん、あれは神さんやな」

　紅玉は人並みに紛れて消えてゆく二人に頭を下げた。

「まさか子供たちにケーキを見せるためだけに来てくださったのですか？」

「まあ、多少はヒマがあるし……気にせんでいいよ。あの方々は池袋氷川神社《ひかわじんじゃ》の高皇産霊《タカミムスビ》神《ノカミ》さまと保食神《ウケモチノカミ》さまや。氷川神社はアマテラスさまも祀られているし、様子を見に来てくださったのやろう」

「ほんとにもったないとはこのことですねえ」

　梓も深々とお辞儀をした。

　その頃には子供たちも自分たちのケーキを決めたようだった。

「しらぁな、やっぱりいちごの」

「あーちゃんピンクのまるいのー」

「おれ、まるくてなかにいろいろはいってるやつ！」

「チョコ……」

　店員さんがカウンターの中から出てきてくれて、子供たちが注文するものをひとつずつ確認する。最後に朱陽がメモ用紙を渡した。

「あとねー、これ、あじゅさのなの」

そこにはチーズスフレをホールで、と書いてある。

「わかりました。箱は分ける？」

ハコハワケル……？　子供たちには少しむずかしい判断だ。子供たちのとまどった様子から、店員さんが決めてくれた。

「小さい箱には二個ずつケーキをいれるね。スフレの箱とあわせて三箱。持てるかな？」

「もてるー！」

自分たちの理解できる言葉になったので子供たちは安心して叫ぶ。

そのあとはお会計だ。朱陽と蒼矢がそれぞれの財布からお札を一枚ずつ出した。

「もう二枚、紙のお金あるかな？」

「もう、にまい？」

「おたかいー」

財布を抱きしめ怯えた様子の子供たちに、店員さんの笑顔もひきつる。

「お、お高くてごめんなさい……」

ホールケーキとカットケーキ四個で三八〇〇円。蒼矢と朱陽はおそるおそるお札をもう一枚ずつ出す。

「はい、四〇〇〇円のお預かりです。二〇〇円のお返しとレシートです」

コイントレイに乗せられた百円玉をまたそれぞれの財布に入れる。長いレシートは丁寧に折りたたんで、それも財布にしまう。

一番重要な仕事が終わり、二人はほっとした顔になった。

「おかいけーしたー」

「どきどきしたー」

朱陽は首からぶらさげた財布――それは黄色いがま口の形をしている――の口をぱちんぱちんとあけたり閉めたりした。

「かみのおかねなくなっちゃった……あーちゃん、びんぼーになっちゃった」

「おうちにおかね……あるのかな」

白花が心配そうに呟く。

「あじゅさのぜんざいしゃん……なくなっちゃうね」

「ぜんざいしゃんなくなると、どうなるの？」

「おそとでねんねしたり……ぎんこうでどげざしたりしなきゃなんない……」

子供たちに取り付けているマイクから、そんな不穏な会話がはいってくる。情けない、と梓は頭を抱えた。

「俺、そんなに甲斐性《かいしょう》がなさそうですかね」

「いやあ、梓ちゃんがというより、しーちゃんはテレビっ子やから……きっといろいろ見ているものから適当に言うとるんやと思うよ？」

子供たちは箱に入れてもらったケーキを大事そうに抱えて店を出た。蒼矢が一番大きなホールケーキの箱を持ち、白花と朱陽がカットケーキ二個ずつの箱を持つ。

「おうちかえろー」

朱陽が元気よく言って駆け出そうとした。それの一瞬前に玄輝が捕まえる。

「だめ、くずれる」

「あっ、そっか」

「あーちゃん……はこ、ぶらぶらしちゃだめよ……」

白花にも言われ、朱陽はうなずいて胸の前で箱を抱えなおした。

「けーき、きれーだもんね。あじゅさにみせるんだもんね」

来たときと同じように、サンシャインの地下通路を進む。動く歩道に乗っているときも、行きははしゃいでいたのだが、今は四人ともじっと立っていた。

「えすかれーたーだ」

地上までの長い長いエスカレーター。通常のエスカレーターの二倍近くはあるそれは、下から見上げると、光る出口がずっと遠い。

上から見たときも長いと思ったが、下から見る方がもっと長く見える。子供たちははあっと大きく息をついた。

「みんな、ちゃんと、はこ、もつのよ」

子供たちは二人ずつ一つの段にのり、まっすぐ上だけを見つめる。今、彼らの手の中には宝石より、金塊よりも価値のある美しいケーキがあるのだ。これを梓に見せて喜んでもらいたい。

ようやくエスカレーターが地上へ着き、朱陽はえいっと段をまたいた。そのとき箱の中でケーキが軽く揺れる感触があった。

「あっ」

朱陽は箱を抱いてしゃがみこんだ。

「どうしたの？」

一緒に降りた白花が心配そうにのぞき込む。

「いま、なかでけーきうごいた……だいじょうぶかな」

「なか、みてみる？」

「うん……」

朱陽と白花はエスカレーターから離れると、しゃがみこんでケーキの箱を開けようとした。蒼矢と玄輝も後ろからやってきた。

ケーキの箱は金色の小さなシールでふたを止めてある。朱陽の丸い指先が何度もシールの上を擦った。

「どお……？」

「うん、もうちょっと……」

爪の短い朱陽の指ではシールを剥がすこともむずかしい。それでも朱陽は慎重にシールの端を掴み、そっと剥がした。

「あけるよ」

みんなで箱を覗き込む。だが、ケーキはちゃんとしきりの中に入って無事だった。

「よかったー」

朱陽が三人の顔を見上げる。三人もほっと息をはいた。朱陽は開けたときと同じように静かに箱を閉めてシールを元の位置に貼った。

「よっし、おうちかえろー!」

蒼矢が大きな声をあげ、四人は再び歩き出した。


「ああっ、ほんとにハラハラするな!」

テレビの前でアマテラスがせんべいをばりりと前歯で割った。

「地上は危険すぎるだろ、なんだあのエスカレーター。あんなに長いものが必要なのか」

「そりゃあ地下二階分を斜めに進むんだもの。あの長さにはなりますよ」

スクナビコナが慰めるが、アマテラスは納得がいかないようだ。

「タカマガハラにある大社くらいの距離がないか？」

「そこまで長くはない……」

神無月に人々の縁結びを行うタカマガハラの神域大社《しんいきたいしゃ》は高さ約三二丈《じょう》（約九六m）。オフィスビルにしてみれば二四階建になるので、さすがにサンシャインのエスカレーターの方が短い。

「タカマガハラの大社も高すぎるしな、ちょっと柱を短くしたほうがいいんじゃないか？」

「まさかここで大社にクレームがはいるとは思わんかったちゃ……」

三

サンシャイン大通りを子供たちはゆっくりと進む。そのうちさっき蒼矢がごねたお菓子屋の前を通りかかった。

「そうちゃん……おかし、かう？」

「……おかねないじゃん」

財布の中には二〇〇円だけ。さすがに蒼矢もお金がないとお菓子は買えないということはわかっている。

「すこしあるよ?」

蒼矢は白花の言葉に首を振った。

「おかね、ぜんぶつかったら、あじゅさのぜんざいしゃんがなくなるもん。かわいそう」

その言葉をイヤホンで聞いていた梓は、サンシャイン大通りのアスファルトの上に崩れ落ちた。

「お、俺、どれだけ金がないって子供たちに思われているんでしょうか?」

「家に帰ったらお金を見せて安心させてやればええよ……」

そんな梓の背中をぽんぽんと叩き、紅玉は慰めた。

子供たちはさきほど芸人が芸を見せていた木の生えた場所まで来た。今はもう誰もおらず、ただ人が行き来している。大きな木の梢では姿は見えないがたくさんの鳥のさえずりが聞こえた。

「さっきのひと、いないね」

「おうち……かえったのかな」

ティッシュ配りのお兄さんもいない。

「おにいさん、おうちでけーき、たべれたかな」

しばらくきょろきょろと探していた朱陽は、心配そうに言った。

「きっとたべてるよ」

蒼矢が根拠もなく答える。

「なんのけーきかな」

「いっちご、いっちご」

歌うように言う蒼矢に朱陽も声をあわせた。

「いちごのけえぇき！」

さて、歌っているうちにスクランブル交差点……というところで事件が起きた。

交差点を渡ろうとしたが、青信号がぴかぴかと明滅《めいめつ》している。信号がこういう状態のときは待って、次に青くなったときに渡る、と厳しく言われている子供たちは、横断歩道の手前で立ち止まった。

ところがその横断歩道を無理矢理渡ろうとした若い男がいた。道路の手前から駆け出した男は信号しか見ていなかったに違いない。手前にいた小さな子供たちに気づかなかったのだ。

「きゃん！」

「うわっと！」

男のからだが朱陽にぶつかる。朱陽はその勢いで道路に放り出されてしまった。青年はちらっと転がった朱陽を見たが、無視してそのまま走り去ってしまう。

ころころと転がった朱陽は両足を開いてぺたんと道路に座り込む。怪我はなかったようだが驚いた顔をしていた。

「あーちゃん！」

「あぶない、あけび！」

白花と蒼矢が叫び、朱陽は急いで歩道に戻った。

「だいじょぶよー」

朱陽は両手をあげて子供たちにアピールしたのだが、

「あーちゃん、けーき……」

白花が指を指す。はっと朱陽は自分の両手を見た。持っていたはずのケーキの箱がない！

「けーきは……？」

玄輝が指を伸ばした。その方向を振り向くと、道路に白い小さな箱が落ちている。

「けーき！」

朱陽は叫んで走りだそうとした。それを蒼矢がしがみついて止める。

「だめっ、あけび！」

「でも、だって、けーき……！」

目の前で車が走り出す。赤信号で止まっていた自動車の群は、たちまち朱陽の目の前を右へ左へと行き来した。そしてケーキの箱は。

「けーき！」

ぐしゃっと。

白いケーキの箱が車のタイヤに踏み潰された。

「――ッ」

遠くからカメラを構えていた梓と紅玉も声にならない悲鳴をあげた。

（朱陽……！）

「ケーキ……」

朱陽がひらたく潰れたケーキの箱を見て呆然と呟く。ケーキの箱からは白いものや茶色いものがはみ出て見えた。

「あーちゃんと……げんちゃんのケーキ」

朱陽の目がみるみる潤む。頑張って買いにいったのに。箱を抱えて揺らさないように大事に大事に運んできたのに。

梓が行ってらっしゃいって、送り出してくれたのに。

はじめてのおつかいなのに……！

今まで自分のことでは決して泣かなかった朱陽の目に涙があふれた。

「うわあああ――あああ――あーんっ！」

朱陽の鳴き声と同時に、街路樹に止まっていた鳥たちがいっせいにはばたいた。

「あーっ、あん、あああああ――――っ　あ――――……」

「あーちゃん……」

白花の目も潤み出す。パチパチッとすぐそばの信号機から小さな火花が跳び始めた。信号機は赤と青の光をせわしなく明滅し始める。

「あ、あけび……しらなー……」

蒼矢は泣き始めた女の子たちをオロオロと見やる。

「どうしよ……げんちゃん……」

しかしいつも頼りになる、いざというときの玄輝も、今はうろたえたまま、蒼矢と顔を見合わせる。

「わあ――――あん、あん、あん……っ　あ――――っ」

朱陽の鳴き声にあわせて鳥たちが、大声で鳴きながらスクランブル交差点の上を旋回し始めた。信号の異常も今は向かい側にも伝わっている。背後のビルに入っているお店の照明もついたり消えたりし始めた。

「あ、梓ちゃん、まずい。緊急事態や！」

「はい、俺は朱陽を止めます」

梓と紅玉が駆けつけようとしたとき、それより早く、二人の男女がさっと朱陽と白花に

近づいた
「泣かないで、二人とも」

若い女性が朱陽と白花の前にしゃがみこむ。

「ほら、見てごらん。ここにケーキの箱があるわ」

「そして中にはちゃんと君たちのケーキが入っているよ」

目の前に白い紙箱を差し出され、朱陽と白花は涙でいっぱいの目を丸く見開いた。

「け、けーき……っ」

朱陽が大きくしゃくりあげる。

「ほうら、このケーキだっただろ？」

箱を開けると、中には朱陽の選んだピンクのロールケーキと、玄輝の選んだチョコレートケーキがきちんと入っている。

「けっ、けーきっ、だって、けーき……」

朱陽は道路の方を見た。そこには無惨《むざん》に潰れたケーキの箱があるはずだった。

「けーき……」

だが、道路の上にはなにもない。

「あれえ……？」

白花も涙を抑えケーキの箱を見た。

「ほんとだ……ちゃんとあるよ……」

「げんちゃん！」

朱陽は頬を濡らしたまま玄輝を呼んだ。玄輝が近づくとケーキの箱を見せる。

「ほらっ、ほらっ！　げんちゃんのもあるよ！」

玄輝と蒼矢はケーキの無事より、女の子たちが泣きやんだことにほっとして、口元をほころばせた。

「あるね」

玄輝が一言で言うと、朱陽は「あー」と大声をあげた。

「よかったー！」


「よかったー！」

タカマガハラでも同様の声が挙がった。

「今のはどうなったのだ？　あの二人は……」

「川上御前《かわかみごぜん》さまと田道間守《たじまもり》さまやね」

画面をじっと見ていたクエビコが正体を当てる。

「川上御前さまは紙の作り方を人に教えたという紙の女神。紙箱をもとに戻すことなぞ造作もないことや」

「そして田道間守くんはお菓子の守護を司《つかさど》っているから、潰れたお菓子をそのまま作り直すこともできるんだね」

スクナビコナもほっとした調子で言った。

「彼らが来ていたのはほんとによかった。まあケーキを買いに行くという目的は知っていたから、万が一の事故に備えてくれたんだろう」

「いやいやいや、助かったぜえ」

スサノオがどかりとソファの背もたれにからだをもたせかける。

「スクランブル交差点がスクランブルクラッシュしそうになっていたな」

「それにしてもあの人間、許せないネ」

ワダツミが腕を組む。

「さっきの中学生もだが、あいつにも海にきたらクラゲに刺される天罰をつけておくネ?」

「そんなのは甘いぞ。足の指の間を虫に刺されてもだえ苦しむ天罰だ。中学生《ガキ》どもは頭のてっぺんを刺しまくれ」

スサノオが獰猛な笑いを浮かべる。

「ついでに重要な場面では笑ってしまう罰もつけておこう」

アマテラスが指をぼきぼき鳴らす。それにクエビコが手を挙げる。

「ちょお、待たれ。日本三大神がそんなせせこましい罰を……」

言いかけたクエビコにアマテラスが険悪な目を向ける。

「止めるな、クエビコ。あの男は子供たちを危険な目にあわせ、あまつさえ、二人も泣かせてしまったんだぞ。中学生どもは悪意を持って子供たちをからかった！」

「そうやちゃ。だからそんなケチくさい罰やなくて、もっと考え抜いた、ほんまもんの天罰を味わわせる必要があるっちゃ」

にこやかに、しかし昏い目をしたクエビコに、ほかの神々はひきつった笑いでうなずいた。


「ありがとう、おねーちゃん、おにーちゃん」

すっかり涙の乾いた朱陽は田道間守と川上御前が変化した男女にお礼を言った。

「どういたしまして。おつかいえらいわね」

「うん、おうちまでもう少しだから頑張ってね」

子供たちは顔を見合わせ、「あいあーい」と答える。

背後で見守っていた梓と紅玉もほっと胸をなで下ろした。

「よ、よかった。紙の神様とお菓子の神様が来てくれて」

「ほんまに助かったわあ。あのままだったらアマテラスさまがまた岩戸にお隠れになるところやった」

子供たちが無事スクランブル交差点を渡ったのを見て、紅玉は梓に言った。

「このあとはもう大丈夫やろ。梓ちゃんは先回りして子供たちをうちで迎えてやって。それから翡翠が家を水浸しにしてるかもしれんから……」

「うわあ、それは考えたくないですね」

梓は苦笑した。翡翠は感激したときも激怒したときも水をまき散らす。今までの映像で翡翠の感情が昂ぶらないはずがない。

「じゃあ、俺は一足先に帰ります」

悲壮な決意を胸に秘め、梓は紅玉に手を振った。紅玉も家の無事を願う。

「ほい、いってらっしゃい！」


「子供たちの冒険も終わりに近づいたな」

カメラは羽鳥梓の背中を映す。それを見つめてアマテラスが呟いた。終わるのが惜しい、という口調だ。

「いや、このあとフィナーレがあるんだよネ？」

　ワダツミが誰にともなく言ってきょろきょろする。

「そうだ、家で待つ親との感動の再会。これがねえとな」

　スサノオが最後の豆菓子の袋を開ける。結局ひとりで一袋食べてしまった。

「頑張った子供たちを誉めてあげたいっちゃ」

　クエビコがお茶を口元でふうふう冷ましながら言った。

「それに子供たちをそんなふうに育ててくれた梓くんもね」

　スクナビコナの言葉にアマテラスは大きくうなずく。

「うむ。羽鳥梓を選んだわたくしの目に狂いはなかった。年末のボーナスを大サービスで増額支給してやろう。子供たちに羽鳥梓は金がないと思われているようだしな」

「それは梓くんも喜ぶちゃ」


　道路を通って住宅地に入り、ご近所をすぎて、ようやく子供たちの家が見えてきた。

　塀からは庭に立つ桜の木が見えている。

「そーちゃん……げんちゃん……」

　朱陽が小さな声で後ろを歩く男の子たちを呼んだ。

「なに？」

ホールケーキは今は玄輝が持っている、ずっと蒼矢が持っていたのだがさすがに疲れたらしい。

「あのね、あじゅさにはね、あーちゃんないたってゆわないで」

「えー？」

「あじゅさ、しんぱいするでしょ」

白花も振り向いて蒼矢と玄輝を見つめる。

「しらぁながないたのも……ゆわないで」

「いいよ」

蒼矢はあっさりと答える。

「ないしょにするよ。ね、げんちゃん」

蒼矢に言われて玄輝もこっくりとうなずいた。

「ほんと？　ほんとのほんとにゆわない？」

朱陽はしつこく聞いた。それに怒りもせず蒼矢は何度も答える。

「ほんとにほんと。ぜったいゆわない、やくそくしゅる」

そう言って小指を突き出したので、朱陽はさっと自分の指を絡めた。

「ゆびきりげんまんうそついたらはりせんぼんのーます！」

かたく約束をしたあと、朱陽は小指をぴこぴこと動かしてみる。

「よかったあ」

「よかったねえ……」

朱陽は白花と顔を見合わせて「くふふ」と恥ずかしそうに笑った。

「そーちゃん、げんちゃん、だいすき！」

「お、おう！」

蒼矢も「ししし」と歯をむいて笑う。玄輝も細い目をより細くして微笑んだ。

「おうち……ついたよ」

白花が門扉に掴まる。四人は力をあわせて鉄製の門扉を引き開けた。

「ただいまー！」

玄関の引き戸をがらりと開けると、ぶわっと細かな水がミストとなって四人に噴きかかる。

「子供たち――！」

遅れて翡翠が飛び出してきた。

「大丈夫だったか？　よくやった！　いい子だった、えらかったな！」

顔中水でぐっしょりの翡翠が子供たち四人を丸ごと抱き抱える。

「ひーちゃん、つめたいー」

「びしょびしょ、いやーっ！」

「けーきぬれるっ！」

「……！」

子供たちはそれぞれからだをよじって翡翠の抱擁から逃れようとした。

「私は、私は……ただ一人、テレビ画面の前で待つ身の辛さがわかるか？　なんどおまえたちのもとへ駆けつけようかと。しかしそれをぐっと抑えてずっと待機していたのだ。今くらい抱かせてくれ――」

「あじゅさー！」

子供たちは翡翠のからだ越しに梓を呼んだ。その声に応えて家の中から雑巾《ぞうきん》とバケツを持った梓が顔を出す。

「……みんなお帰り。ごめんね、今、部屋の中、水浸しで……」

羽鳥家だけ水害に遭ったようだった。

「あじゅさ！　けーきかってきたよ！」

朱陽が両手でケーキの箱を捧《ささ》げ持つ。

「はじめてのおつかい、やったよ！」

蒼矢も胸を張った。

「ちゃんと……おかいもの、できたよ……」

白花の目がまた潤む。

「ぶじ」

玄輝は一言だけ言った。

「うん――」

梓は胸の中からこみ上げるものを必死に押し返そうとした。自然に湧き上がる熱い思いと涙。けれど泣いてはだめだ。笑ってみんなを褒めなければ。

「みんな……えらかったね！　がんばったね！」

初めて預かったときはまだ卵だった。それが自分の腕の中で孵《かえ》って成長して、少しずつ少しずつ大きくなって。

自分の手を離れて買い物にも行って。途中でいろいろあったけど、頑張って帰ってきた。俺のところに帰ってきてくれた。

「みんな、ありがとう……」

両手を広げると子供たちが飛び込んできた。

「あじゅさー！」

「あじゅさー……」

「あじゅさ！　あじゅさ！」

「……！」

子供たちを抱いてほおずりするとくすぐったいと笑われる。これ、けーき！　と四角い箱を押しつけられる。ちゃんとおーだんほどーわたったよ、ちゃんとしんごーみたよ、おおきいトナカイさんいたよー、と報告される。

梓はうんうんとうなずきながら、子供たちの声を聞いていた。にじんでくる涙はしょうがない。せめて零れ落ちないように祈るだけだ。

「うわ、やっぱり水浸しや」

遅れて入ってきた紅玉が玄関の有様《ありさま》を見て叫んだ。

「ちょう、乾かすわ、待ってて……翡翠、おまえは外へ出てろ」

「なんでだ！　私だって子供たちを褒めまくりたい」

紅玉は翡翠の濡れた顔を見てネクタイを引っ張った。

「おまえまだ水出しっぱなしやないか。ぜんぜん乾かない、邪魔や」

「紅玉が私を邪魔にするー！」

「翡翠さん、部屋が乾いたら子供たちと一緒にケーキ食べますから……そのときおいしいお茶をお願いします」

梓の言葉に翡翠がぱっと顔を輝かせる。

「そうか、了解した羽鳥梓。この翡翠、一世一代のおいしいお茶をいれてやる。楽しむがいい！」

# 終

わああと玄関先で騒いでいる映像がじょじょに引きになっていった。

門が映り家が映り、そして景色が俯瞰《ふかん》となってそこに「完」という文字が入る。無駄なまでに端整な書は中国晋《しん》の時代の書家・王羲之《おうぎし》に頼んで書いてもらったものだ。

テレビ画面の中の「完」の文字に、タカマガハラの神々は長いため息をついた。

「……なんだか最後はバタバタだったな」

アマテラスが落ち着いた様子で感想を述べた。

「水精が悪いんじゃねえのか？」

ある意味スサノオの言葉は正しい。

「おかしいねえ、冷静な性格を買って世話係に任命したんやけどなあ」

地上のことはなんでも知っているクエビコも、個人の性格までは把握できなかったようだ。

「子供たちがかわいすぎるのがいけないんだヨ？」

「確かにねえ」

誰もが納得する理由をワダツミが提言し、スクナビコナが同意した。

「それにしても」

アマテラスはテレビに接続している録画デッキの中からディスクを取り出した。

「子供たちは健気でかわいらしかった。この〝おつかい〟はシリーズ化してぜひ来年も観たいぞ！」

「次は〝初めて〟じゃないけどネ」

「ガキの成長は早いからな。こうやって記録に残しておけるうちに残しておこうぜ」

「まったくですちゃ」

アマテラスは銀色の円盤を大事にケースに収めた。

「子供たちの成長が楽しみだなあ」


羽鳥家では乾いた居間にみんなで座ってケーキをつついていた。

翡翠がいれたおいしい紅茶と、子供たちが運んできたケーキ。口の周りをクリームだらけにして笑いながらはしゃぎながらしゃべりながら食べている。

小さくて大きな冒険。笑って泣いて驚いて。

今日のこの日も子供たちにとって大切な成長の一日だ。

いつか録画されたものを見て驚いたり笑ったりするだろうか。そのときも一緒にいられるといい……梓は四人から差し出されるケーキをほおばりながら願っていた。

# 第三話

# 神子たち、遊ぶ
## ～公園の指輪物語～

# 序

子供たちは梓《あずさ》と翡翠《ひすい》に連れられて公園に遊びに来ていた。冷たい風の吹く公園でも走り回っていれば寒くない。今日は珍しく玄輝《げんき》が起きていて、一緒に追いかけっこをした。

「公園から出ちゃだめだよー」

ベンチに座っている梓が口に手を当てて叫んだ。それに子供たちは「あいあーい」と手を振って答える。

子供たちの中で今のところ一番足が速いのは朱陽《あけび》だ。ついで蒼矢《そうや》、白花《しらはな》、玄輝。

子供たちにもそれはわかっているので、朱陽や蒼矢が鬼のときは一〇数えるのだが、白花や玄輝のときは三つだけ数えて追いかけっこが始まる。それから、鬼以外は陰に入っちゃいけないとか、鬼より高いところにいっちゃいけないとか、鬼が名前を呼ぶと一回一秒ストップがかけられるとか、子供たちの、鬼ごっこを遊戯《ゲーム》をより楽しくするための創意工夫はたいしたものだ。

「あーちゃん、つかまえたー」

白花がうまく日陰《ひかげ》になっている部分から回り込んで朱陽をつかまえる。勢いあまってふたりは頭から繁《しげ》みにつっこんでしまった。

「きゃー！」

柔らかい土の上で泥だらけになって転げまわり、二人は歓声をあげる。

「おくちにじゃりじゃりはいっちゃったー」

朱陽は起き上がって顔や頭を払った。白花も膝をついて手をパチパチと払う。

どんな転がり方をしたのか、朱陽の靴が片方繁みの下の方にまで飛んで行ってしまっている。朱陽は腹ばいになると、靴に手を伸ばした。

「あれえ」

繁みの下から見つけたのは靴ではない。

「あ、なあに？」

泥で汚れた朱陽の手の中のものを見て、白花は声をあげた。

「わーゆびわだー」

朱陽は靴のことも忘れて梓の元へ駆けだした。

「あーちゃん、いーいものみつけちったー！」

「あじゅさ、あじゅさ！」

「ゆびわ、みちゅけたよ！」

子供たちは先を争って梓のもとへ駆けつけた。

「みてみて！　あーちゃんがめっけたの！」

「しらぁなも……いっしょにみちゅけた……」

「おれだってそこにあるのしってたもんね」

「……っ！　っ！」

子供たちは宝物を見つけたように興奮している。

梓はその指輪を指先でつかみ、日の光にかざしてみた。石の部分はくもり、輪は錆《さ》びて黒くなっている。ほんものなのか玩具《おもちゃ》なのか梓には見分けがつかなかったが、かなり長い間放置されていたことはまちがいない。

「わかったよ、これは帰りにお巡りさんのところへもっていこう」

たとえ玩具の指輪でも、失くした人にとっては大事なものかもしれない。届けが出されているといいけど。

「うん！　わかったー」

「おまありさんとこ……いくの？」

「すっげー、ぶき、みしてもらえるかな！」

「……」

子供たちは互いに思い思いの声を挙げながら、鬼ごっこに戻った。

「あのゆびわ、なんのゆびわ……かな」

白花がほかの子供たちを見て質問を投げかける。

「きっと、おうじさまがおひめさまにあげたゆびわだよ！」

最近外国のアニメ映画ばかり見ている朱陽が言った。

「ちげーよ、きっとスーパーせんたいにへんしんするゆびわだ！」

ガイアドライブにも指輪を変身アイテムに使うものがいる。

「しらぁなは……あれはなんかじけんのしょうこだとおもう……」

白花は重々しく言った。

「ここにしょうこのしなをうめて……ほろぼりをまってるんだよ」

残念、一文字違う。正しくは〝ほとぼり〟。

「げんちゃんはどうおもう？」

朱陽が聞くと玄輝は考えながらぽつりと言った。

「だいじな、もの」

「だよねー、おとしたひと、みつかるといーなー」

## 朱陽と探す男

鬼ごっこに飽きた子供たちは、それぞれ別の場所で遊んでいる。

朱陽は今はジャングルジムに登っていた。いちばんてっぺんまで登るとたくさんの鳥たちがいっしょに停まってくれる。

「とりしゃん、ゆびわ、おとしたひとしらない？」

鳥たちにきくが、寿命の短い彼らには昔のことはわからない。

「ゆびわ、おかえしできるといいなあ」

ジャングルジムのてっぺんで足をぶらぶらさせたり、ひっくり返ったりしていると、公園に若い男の人が入ってくるのが見えた。

若いと言っても梓よりは年上かもしれない。大きなマスクをして薄い色の付いた眼鏡をかけているので顔がよくわからなかった。黒いフェイクレザーのコートのポケットに、両手をつっこんでいる。周りをきょろきょろ見回し、なにか探す素振りをしていた。

（あっ！）

朱陽にはすぐにわかった。あの人が指輪を落としたのだ。

朱陽はジャングルジムのてっぺんから、えいっと飛び降りた。梓からは絶対やっちゃいけないと言われているが、今は人もあまりいないしきっと誰も見ていない。

地面に降りると朱陽は男のもとに駆け寄った。

「おじちゃん！　おさがしもの⁉」

男はいきなり子供から声をかけられたのに驚いたのか、ぱっと猫のようにあとずさった。

「おじちゃん、さがしてるのゆびわでしょう！」

朱陽はドキドキして言った。もしかしたらこの人は王子さまでお姫様に渡す指輪を探しているのかもしれない。

「い、いや、違うよ。さがしているのはお財布だよ。昨日このあたりで失くしてしまって」

「なあんだ」

男の人は指で四角い形を描いた。

「こういう布の財布を見たことないかな」

「んー、あーちゃん、そんなのしんないよ」

「そうか。一緒に探してくれるとうれしいけど……」

男は周囲を窺うように見た。

「いいよ！　あーちゃんおさがしするよ！」

「おじょうちゃんはパパかママと来てるの？」

「うん！　あじゅさとひーちゃん、いっちょにいるよ」

朱陽が振り向いてベンチの方をみた。そこには梓が座ってママ友さんたちとおしゃべりをしている。

「あれえ、ひーちゃん、いない……」

翡翠は今白花と一緒にいたのだが、朱陽のところからは見えなかった。

「ちっ」

男はマスクの下で小さく舌打ちした。

「じゃあ、ぼく、トイレを探してくるよ。もしお財布が見つかったらトイレに持ってきてくれるかい？」

男は公園の隅にあるトイレを指さした。

「いーよー」

朱陽は応えてしゃがみこむと、植え込みの下を見始めた。男は小走りにトイレに走る。

「あ、」

探し始めてすぐに朱陽は布の財布を見つけた。男が教えたように四角い形をしている。

「あったあった！　なあんだ、すぐみつかっちゃった、つまんないの」

朱陽は財布を拾って梓の方をみた。梓はまだママさんたちと話をしている。

トイレにいくと言っておこうかどうか迷ったが、お財布を渡すほうが急ぎかもしれない。

朱陽は財布を握りしめるとトイレに走った。


「そうなの。最近、このあたりの公園に変な人がでるのよ」

ママさんが声を潜めて言う。

「写真を撮ってあげるっていって、裸にしたり、連れ去ろうとしたりするんですって」

「いやーねー。年末なのに物騒《ぶっそう》だわ」

「梓ちゃんも気をつけてね。四人もいたらなかなか目が届かないでしょう」

「はあ……気をつけます」

梓は公園を見回した。蒼矢は砂場にいて玄輝は入り口近くの植え込みにいる。白花は反対側の入り口で翡翠と一緒に遊んでいる。おや？　朱陽は？

「朱陽ちゃんならトイレに走っていくのが見えたわよ」

ママさんの一人が言った。

「そうですか」

子供たちは用を足さないので朱陽はトイレを使うことはないはずだが、手でも洗いにいったのだろうか？　梓は男が先に入っていったのは見ていなかったので、楽観的に考えた。

「おじちゃん、おさいふめっかったよ！」

トイレに入ると誰もいなかった。

「おじょうちゃん、こっちこっち」

男が男子トイレから呼ぶ。朱陽は駆け寄ろうとしてちょっとためらった。

「あーちゃん、おんなのこだからそっちいけないのよ」

「大丈夫、今だれもいないからね」

朱陽は男に呼ばれるまま男子トイレに入った。

「おさいふめっかったよ！」

「そっか、ありがとう。嬉しいな」

「うれしい？」

「うん、とってもね。おじょうちゃん、お礼に写真を撮ってあげるよ」

男はポケットからスマホを出した。

「おしゃしん？」

「そう、僕、写真撮るの上手なんだ。とってもきれいに撮ってあげる」

「ふーん」

朱陽は男に財布を渡した。

「あーちゃん、いっつもひーちゃんにとってもらってるよ！」

「僕も上手に撮るよ。おじょうちゃん、ちょっとだけお洋服めくってみようか？」

「んーん？」

男が朱陽に向かって手を伸ばしたとき、背後の個室のドアがいきおいよく開いた。

「えっ!?」

男が振り返るより先に、トレイの便器から長い手が伸びてきた。それは泡立ち、白く濁《にご》った水の手だった。

「うわあ！」

手は男に巻き付き、そのままトイレに引きずり込む。バンッと朱陽の目の前でドアが閉まった
「た、たすけて！　たすけ……あががが……っ！」

最後の言葉は水の中から響いたように聞こえた。

「おじちゃん？」

朱陽がおそるおそるドアに近づくと、ドアがキイ……と外側に開いた。

中は床も壁も扉もぐっしょりと濡れ、ぴかぴかに光った便器がひとつあったきりだった。

男の姿はあとかたもない。

「あれえ?」

朱陽が首を傾げたとき、背後にふわりと立つ姿があった。

「こんにちは、四獣《しじゅう》の子」

そこにいたのは白く長い裾を引く着物を着た美しい女性だった。

「だあれ?」

「春先に一度会ってるわ。ミズハノメよ」

「んん?」

アパートから今の家に引っ越したとき、一度会っていたが朱陽は覚えていなかった。

「私は水の神。そしてトイレの神でもあるの」

「といれのかみしゃま……おじちゃん、どうしたの?」

「あの男はふさわしい場所に送り届けたわ。まったく神聖なトイレでなにをしようというのかしら」

水の女神は苦々《にがにが》し気な顔で吐き捨てる。

「おじちゃん、おうちかえったの? おとしものみつかってよかったね」

「朱雀《すざく》はいい子ね。でもこれからはトイレに行くときは大人の人に言ってから来てね」

「あいあーい」

ミズハノメはぴしゃりと床を水で打って姿を消した。

朱陽は男子トイレから出ると、ベンチの梓に向かって駆け出した。

「あじゅさー、あーちゃん、おとしものみつけたのよー」


男は自分が真っ暗な場所にいることに気づいた。目をこらすとものが徐々に見えてきた。砂？　砂だ。目の前は一面の砂。

目を擦ろうと手をあげて、ぎょっとした。視界に映ったのは赤黒い触手《しょくしゅ》だったからだ。

（なんだこれは）

そう思った瞬間、自分がタコになっていることに気づいた。姿は見えていないが、感覚的にわかる。

（な、な、なんでタコ……）

助けて、と男は手を、足を動かした。しかし砂の上で八本の腕をくねらせるだけで、前にも後ろにも進むことができない……。

「あの人、なにをしているのかしら」

道路の真ん中で男がくねくねと身もだえしている。だれかが通報したのかパトカーのサイレンの音が近づいてくる。

スマホの撮影記録から、男の犯罪が解明するのは、もう少しあとの話だ。

# 蒼矢と女の子の捜し物

蒼矢は砂場で山を作っていた。バケツに砂を入れてぱんぱんにして、それからひっくり返す。

最初に三つ、その上に二つ、それからてっぺんに……。

サクサクと音がしたので、白花が来たのかと頭を上げると、白花より少し年が上の女の子だった。

女の子は赤いオーバーコートを着て、黄色い布のバッグを持っていた。砂場をぐるりと見回すと、蒼矢の目の前にしゃがみこんだ。

手袋をとり、手のひらで砂の表面をさらさらと撫でる。ちょっとほじっては別な場所を撫でる。その様子は遊んでいるというよりも——。

「なにかさがしてんの？」

蒼矢は女の子に聞いた。

「もしかしてゆびわ⁉」

さっき見つけた指輪。スーパー戦隊の変身アイテムだと思っていたけど、この子のかな？

「うー、ううん。指輪じゃないの」

女の子は泣きそうな顔をした。

「ママがどんぐりで作ってくれたブレスレットなの……ママの形見なの」

「かたみ」

カタミって知ってる。死んだ人に貰ったものだ。とっても大事で、大切なもの。

「昨日、ここで遊んだとき、なくしちゃったの……」

大きな目から今にも涙が零れそうだった。

「ブレスレット、見なかった？」

蒼矢は急いで首を横に振った。

「そうだ、おやまのなかにあるかも！」

バケツに砂をすくっているときはなにも見ていなかった。もしかしたらこの山のどこかに入っているかもしれない。

「まってて」

蒼矢はバケツの中の砂を砂場に空けた。中には砂しか入っていない。

それから二段目の山を崩した。そこにもなにもない。最後に三段目を山を崩して二人でかきまわしてみたけれど、ブレスレットは見つからなかった。

「ないやー」

「ごめんね、おやま、くずしちゃって」

女の子は悲しそうに言って、バケツの中に砂を積めた。

「いっしょにおやま、作ろう」

「お、おう」

蒼矢と女の子は二人で山を作り始めた。作っているあいだにブレスレット出てこないかなと思ったけれど、最後にバケツの砂を逆さにしても、女の子の捜し物は出てこなかった。

「おっきなおやまできたね」

土台を四個にしたのでさっきより高くて大きな山ができた。女の子も蒼矢も自分たちが作った砂の山をほれぼれと見つめた。

「おもしろかった」

女の子がにっこりした。蒼矢は足で砂を蹴ると、

「おれ、蒼矢だよ」

と名乗った。

「あたし、いずみ。小学校の一年よ」

「しょうがっこう?」

聞いたことがある。大きな子たちが背中に四角いカバンをしょって行くところだ。

「うん、いま、冬休みなの。蒼矢ちゃんは幼稚園？」

「ううん、ようちえんじゃない」

「幼稚園、いってないの？」

いずみが不思議そうに言った。蒼矢はなんとなく居心地の悪さを感じて反論するように言った。

「いってない。でもかるいざわにはいったよ！」

「ふうん？」

いずみには軽井沢がなんのことかわかっていないようだった。

「じゃあ、あたし、帰るね」

いずみは立ち上がるとスカートのすそをパタパタとはたいた。

「ブレスレットいいの？」

「うん、また明日探す。見つかるまで探す」

「おれもさがしといてやる」

蒼矢の言葉にいずみはふふっと笑った。

「ありがと。蒼矢ちゃん」

「おう」

蒼矢はスコップを掲げて約束した。

それからしばらくぼんやりとスコップで砂をすくっては撒《ま》く、ということを繰り返していた。

いずみちゃんは明日も来ると言っていた。ブレスレットを見つけて明日あげることができたらどんなに喜ぶだろう。

小学校一年生だけあって、普段一緒に遊ぶ朱陽やマドナちゃんたちとはちょっと違うお姉さんだ。

カツン、とスコップの先がなにか堅いものに当たった。蒼矢はそれを石だと思い、スコップで無造作に掘り出した。

「あれえ？」

それは小さなどんぐりの実が連なったものだった。丸い輪っかの形をしている。

「どんぐり……」

さっきいずみちゃんがドングリのブレスレット、と。

「あ、これだ！」

どうして今出てきたのだろう。このあたりはずっとバケツに砂をいれていた場所だったのに。

蒼矢はぱっと立ち上がった。

しかしいずみちゃんの姿はもう見えない。

「あした、あげればいいかな……」

今までいずみちゃんと会う機会がなかったので、どこに住んでいるのかも知らない。

蒼矢は両手でブレスレットを持って見つめた。いろんな形のドングリに赤いゴム紐が通してある。

その輪っかの中に、砂場の向こうにいる梓の姿が見えた。

「あれ？　あれれ？」

ところが見ているうちに梓の姿がぼやけてゆく。まるで水に溶かした絵の具のように、その姿、風景が消えていって……。

「いずみちゃんだ」

道路を渡っているいずみちゃんの姿が見えた。

「いず……」

名を呼ぼうとして蒼矢は息をのんだ。いずみちゃんが白い車に撥《は》ね飛ばされたのだ。

「えっ」

その映像は一瞬で消えた。また元のようにベンチにいる梓の姿が見える。

「うっそ……」

今視たものはなんだろう。本当にいずみちゃんが車に撥ねられたのか⁉

「あじゅさ……」

蒼矢は梓の元に行こうとして、しかし思いとどまった。梓に話していずみちゃんを追いかけても間に合わないかもしれない。

「……」

ためらいは一瞬だった。常日頃、梓にいけないと言われてはいたが、あとで怒られてもいずみちゃんを助けたい。

青い尾が地面を打った。

蒼矢は青龍《せいりゅう》に姿を変え、大空に舞い上がった。

(いずみちゃん、どこ⁉)

空の真ん中で蒼矢はいずみちゃんを探した。目の下に公園が見えた。その向こうの大通り、小さな車がたくさん走っている。

(いずみちゃん)

どんぐりの輪っかの中でいずみちゃんは横断歩道を渡っていた。蒼矢は道路の中に横断歩道のしましまを探す。

（いた！　いずみちゃん！）

しましまの上に赤いコート、黄色いバッグ。

（いずみちゃん！）

向こうから白い車が走ってくる。蒼矢は急降下した。

車は横断歩道が近づいても速度を全く落とさない。ほかの車が信号で止まったのにそのまままっすぐ進んだ。

（あぶないっ！）

蒼矢はいずみちゃん目掛けて飛ぶと、そのからだを長い胴体で巻いてもぎとり、向こう側の歩道に頭からつっこんだ。

ほかの人間からは、いずみちゃんが車に撥ねられて歩道まで飛んだように見えたかもしれない。

白い車はそのまま反対側の歩道に乗り上げ、電柱に激突した。ひどい音がして、前半分が潰れてしまった。中の人は意識を失っているようだ。

「だいじょうぶか！」

「救急車！」

見ていた大人たちが駆け寄ってくる。

（いずみちゃん）

蒼矢はがたがた震えているいずみちゃんの耳に囁いた。

(だいじょうぶだよ)

「だ、だれ?」

蒼矢はいずみちゃんの手にどんぐりのブレスレットを落とした。しかしブレスレットは紐が切れ、ころころとどんぐりが膝の上に落ちる。

(あ、ごめん……こわしちゃった……)

「ママ——?」

大人たちが周りを取り囲んだので、蒼矢はあわてて空に飛び上がった。

ちらっと下を見ると、いずみちゃんに話しかけている大人たちの輪の外に、パジャマ姿の女の人が立っていた。女の人は空の蒼矢を見つめて深々と頭を下げた。

いずみちゃんのママかな。

蒼矢はバイバイと短い腕を振り、公園へ戻った。


「蒼矢!」

砂場に戻ると梓が怖い顔で待っていた。蒼矢はとぐろを巻きながら降りてきた。

「なんで青龍になっちゃったの!? だめだって言ってるでしょう?」

「……ひとだすけだもん」

人間の姿に戻った蒼矢が口を尖らせて言った。

「いずみちゃん、くるまにはねられそうだったから」

蒼矢がなんとか順序立てて話し終わったとき、遠くで救急車の音が聞こえた。

「そうだったの……」

「ごめんちゃい、はやくいかなきゃっておもったから」

「――わかったよ」

子供たちと暮らすようになって不思議なことには慣れてきていた。今のも蒼矢の作り話ではあるまい。

「えらかったね。女の子助けたんだ。蒼矢は正義のヒーローだね」

「え、えへへ」

蒼矢は照れくさそうに笑うと、砂場に転がしておいたバケツとスコップを手にした。

「おやま、もうひとつつくるから」

「手伝おうか？」

「うん！」

蒼矢はバケツに砂をいれた。おっきなおっきなおやまを作って、明日いずみちゃんに見てもらおう！

# 白花とお巡りさんのさがしもの

白花は翡翠と鉄棒の練習をしていた。

このところずっと練習して、前回りはできるようになったが、まだ逆上がりができない。蒼矢も朱陽もすぐにできて、なんと玄輝までできるのに白花だけができないのだ。

それが悔しくてずっと翡翠につきあってもらっている。

「もっと足を強く蹴るのだ。おなかに力をいれて！」

「んー、んーぅん……」

翡翠の言うとおりにやってもどうしてもおしりがあがらない。前に蒼矢に「しらなーのおしりおもーい」なんてからかわれた。

ひーちゃんが支えてくれると回れるんだけど……。

「ひーちゃん、もっかい、せなか、おして」

「いいとも」

翡翠の手が背中に回る。

「じゃあいくぞ、白花。いっせーの」

「んっ！」

ふわっと足があがる。気がつけば鉄棒の上にいた。

「おお、すごいぞ、白花！　今、私はほとんど背中を押していなかったのだぞ」

「ほんと……？」

「本当だとも！　白花の足があがった瞬間、離していたのだ。白花、ひとりでちゃんと回れたぞ！」

「うわあ……」

その感覚を忘れないように、ともう一回回ってみてもちゃんと回転できた。

「ほんとにできた……」

白花自身、信じられない。ずっと練習しててずっとできなかったのに。

「できるときはあっという間だな」

「うん……」

白花はうれしくて、今度は前回りした。と、逆さになった視界の中に、お巡りさんの姿が見えた。

「ひーちゃん、おまわりさんだ……」

お巡りさんは帽子をかぶってコートを着ていた。きょろきょろと、なにか探しているようだった。

「なにかさがしているの……あ、」

白花の脳裏に光るものが浮かんだ。

「きっとあのゆびわだ！　やっぱりじけんのしょーこだったんだ！」

白花は鉄棒から飛び降りるとお巡りさんの方へ駆け出した。

「白花！　どこへ行くんだ！」

翡翠もあわてて追いかける。白花はお巡りさんの前に立つと、はあっと大きく息を吐き出した。

「おまわりさん……！」

「うん。はい、なにかな？」

年輩のお巡りさんは優しい顔で膝を屈めた。

「さがしてるの、ずばり、ゆびわでしょう……！」

ずばり、なんて言っちゃった。使い方間違ってないよね？

「残念。指輪じゃないよ」

お巡りさんは面白いものを聞いたという顔をして、追いついてきた翡翠に軽く頭を下げる。

「お巡りさんはおばあさんを探しているんだ。二時間ほど前に家を出て、まだ帰ってきていないと家の人が探しているんだよ」

「おばあちゃん……？」

「そう、お嬢ちゃん、見ていないかな。白いコートを着たおばあさんだよ。花柄の杖をついている」

「んー……」

白花は翡翠と顔を見合わせた。

「残念だが、そういうご婦人はこの公園では見ていないな……私たちは一時間ほどまえからいるのだが」

「そうでしたか。じゃあこっちの方じゃないのかもしれませんね。ご協力ありがとうございます」

お巡りさんは帽子に手を触れて敬礼した。白花も思わず背筋を伸ばして敬礼を返す。

そのかわいい仕草にお巡りさんの顔もほころんだ。

公園から出て行くお巡りさんの後ろ姿を見つめ、白花は翡翠の手を引っ張る。

「なんだ？　白花」

「ひーちゃん、おばあちゃん、みちゅ……けよう……」

「ええ!?」

「おまわりさん、しらぁなにけーれーしてくれたもん……。しらぁな、おまわりさんにきょーりょくする。あるときはおまわりさん、またあるときは、めーたんてーしらぁな……」

梓に言いにいくと、翡翠がついているならよい、とのことだった。でも時間は三〇分。

「それ以上はお巡りさんにお任せしてね」

「わかった。タイムミリットはサーテーミニッツ……！」

白花はそう言うと翡翠と一緒に公園を走って出て行った。入り口を出たとたん、ころりとでんぐり返しをして白虎《びゃっこ》の姿になる。そうして手近の電柱に駆け上った。

電柱のてっぺんから見ても、背の高い建物がたくさんあるので地上はあまり見えない。

（あーちゃんやそーちゃんみたいに空を飛べたらもっと探せるのに……）

（白花）

白虎になった白花の丸い耳に、翡翠の声がした。体をミスト状にして空中にいるのだ。

（私がもっと広範囲を探してみる。白花は近所の猫たちに聞いてみてくれ。二時間前にどこかを通っていると思うから）

（わかった）

白花は電線の上をつるつると渡ると猫の姿を探した。池袋は猫が多い。地域猫活動も盛んだ。すぐに何匹か集まっている場所を見つけた。

（猫さん、おばあさん見なかった？）

白花が話しかけると猫たちは驚いて背中を丸くした。

（見かけない猫だな、なんだおまえ）

（白花、白虎よ。白いコートに花柄の杖のおばあさんを探しているの）

（白虎だって？　すげー、虎だって！）

猫たちはにゃーにゃーと白花のそばに集まった。

（あたし、あんた知ってるわ。サンシャインの猫の集会に来てたでしょ、猫又《ねこまた》のチヨさんと一緒に）

体の大きな雌猫が白花の鼻に自分の鼻をくっつけて言った。

（うん、しらぁな、サンシャイン行ったよ）

（チヨさんの知り合いなら力になるよ。ほかの猫にも聞いておいてあげる）

（ありがとう！）

白花は猫の群れから走り出た。

次の角にも猫たちがいて、白花は同じことを聞いたが知らないようだった。

（早くしないと三〇分たっちゃう……タカシちゃんのドラマにも時間の短いのあった……五分で解決したタカシちゃん、すごい）

白花が塀の上を駆けてゆくと、にゃーにゃーと屋根の上から声をかけられた。おばあさんらしき人間を見かけたという。

（やった！）

名探偵白花、事件解決よ！

猫たちに先導され、走っていった先は、白花たちがいた公園からさほど離れていない、今は閉店してしまった喫茶店だった。

そこの植え込みにおばあさんが疲れた顔で座っている。あちこち歩いてここに辿り着いたらしい。白いコートに花柄の杖。

（見つけた！　おばあさん）

白花は白虎の姿のまま駆け寄った。

おばあさんは白花の姿を見て頬を緩めた。

「おや、たまじゃないか」

「迎えにきてくれたのかい」

白花はおばあさんの伸ばした手に頭を擦りつける。おばあさんは両手で白花を抱き上げた。

「いい子だね、どこへいってたんだい」

おばあさんの薄い手が背中を撫で、額をかいて、のどをくすぐった。思わずごろごろとのどがなる。

（ひーちゃん、おばあちゃん見つけたよ！）

念話を送るとすぐに翡翠から返事があった。

（わかった。私がその場所に警官を連れて行こう）

（お願いね。しらぁなはおばあさんがここにいるようにしておくね……）

白花はおばあさんの膝の上に香箱座りをすると、顔を上げて手に頭を押しつける。

「なんだい？　もっと撫でろっていうの？」

おばあさんの手が体全体を行き来する。とても優しくて気持ちがいい。

「たまや……おまえがいなくなって寂しかったよ……」

白花の中におばあさんの思い出が流れ込んできた。小さな女の子であったとき、女学生であったとき、結婚したとき……いつも家に猫がいた。たいていは白い猫で、ときには茶《ちゃ》トラもいたが、名前はみんなたまだった。

（おばあさん……さびしかったのね）

しばらくそうしているうちに、翡翠とお巡りさんが駆けてきた。

「瀬川《せがわ》モトイさんですね」

お巡りさんが名前を確認している。

「この子はたまですよ」
・会話が噛み合わない。白花はおばあさんの手から地面に降りた。すぐに翡翠が抱き上げてくれる。

「たま、たまや……」

モトイおばあさんは白花に手を伸ばす。白花はその手に応えられなかった。

「申し訳ない、ご婦人。この子は私の猫なので」

翡翠が優しくおばあさんに言ってくれて、おばあさんは悲し気に手を下ろした。

（おばあさん……）

お巡りさんに支えられよろよろと帰るおばあさんの背中を見送り、白花はなんだか泣きたくなって翡翠の胸に顔を埋めた。

「どうした、白花」

翡翠の大きな手が白花の頭を撫でる。おばあさんとはまた違った優しい手だ。

「にゃあ」

翡翠の足下に猫が来ていた。最初に会った大きな雌猫だった。

（見つかったのかい？）

猫が白花に言った。

（うん、ありがとう……ねえ、もうひとつ、お願いきいて、猫さん）

（お願い？　なんだい？）

雌猫は前足で顔を洗いながら言った。

（猫さんのお友達で、人間に飼われてもいいって子、いない？　きっとあったかいおうちとご飯をくれるから……）

モトイおばあさんには絶対に猫が必要。白花は確信していた。

「いや、それはどうだろう、白花」

念話を聞いていた翡翠が言った。

「猫には猫の生活がある。人間のもとへいくというのはそれを全て捨てねばならん。それに万一ご婦人が先に亡くなれば、猫はまた放り出されるのだぞ？」

「でも、だって……」

翡翠の反論に白花は泣きそうになった。おばあさんのことばかり考えていたが、確かに猫にとっても一大事だ。そのことを考えていなかった自分が悲しくなる。

「しらぁな、でも、おばあさんかわいそうで」

（まあお待ちよ）

雌猫の笑う気配がした。

（あたしらだって安定した飯の供給があったほうがありがたい。だったら仲間の中でも年寄りで飯を探すのが大変だってやつを紹介してやるよ。そいつにとっちゃちゃんと目の前にご飯がでて、あったかい毛布があった方がいいからね）

瀬川家の縁側にモトイさんが座っている。その隣に痩せた白い猫が座っていた。

この猫は何日か前から庭に現れ、それに気づいたモトイさんが餌《えさ》をやると家に居ついた。年寄りのようだが、人懐こく、モトイさんはもちろん、家人にも愛想がよかった。

それからはこうして二人でひなたぼっこをする仲になった。

「二人とも、同じ背中ね」

モトイさんの娘さんが笑いながら言う。

「おかあさん、あの猫が来てから猫のご飯の支度したり、トイレを掃除したりして元気になったのよ。表情も明るくなったみたい」

「そりゃあよかったじゃないか」

娘さんの旦那さんも喜んだ。

「いい茶飲み友達ができたみたい」

モトイさんは白い猫に手を伸ばした。猫は撫でられるために耳を倒し、ごろごろと低くのどを慣らす。

「たまや、たまや」

手のひらの下の柔らかな毛並みを撫でながら、モトイさんは歌うように名前を呼ぶ……。

## 玄輝と恋人の探し物

鬼ごっこに疲れた玄輝は、ベンチに腰を下ろし、梓のからだにもたれかかった。梓のからだは温かく、触れているだけでとろとろと眠たくなる。

玄輝は二、三度まばたきし、眠る体勢に入ろうとした。だが、そのとき、視界に入ってきたものが彼の目を覚ました。

それは若い男性だった。驚いたのはこの真冬に半袖の白い開襟《かいきん》シャツを着ていたことだ。見ていた玄輝は寒さにぶるっと身を震わせた。

その男性はしゃがみこみ、両手を地面につけて、まるで短距離のスタートラインにいるかのような格好で地面を見つめている。少しずつ進むその姿は、何かを探しているようだ。

玄輝は隣の梓を見上げた。梓の顔は前を向いている。つまり妙な男性のいる方向を向いている。だが、梓にはまるでその男性が見えていないようだった。

梓の座るベンチの隣にはママさんたちが三人おしくらまんじゅうをするように座っているが、やはり誰にも見えていないらしい。

ということは、あの人は現世の人ではない。

他の子供たちには見えているのかな、と周囲を見回すと、朱陽はジャングルジムの上で鳥と話をし、蒼矢は砂場で山をいくつも作り、白花は翡翠と鉄棒の練習をしている。こちらを見ているものはいなかった。

仕方ない――と、玄輝はベンチから飛び降りて、地面に這いつくばっている男のもとへ向かった。

「……」

玄輝は男性の前まで来ると、しゃがみこんだ。開襟シャツの男性は、急に目の前に現れた子供に驚いた顔をした。

「やあ……こんにちは」

男性が挨拶をしたので玄輝もうなずいて挨拶を返した。

「おとし、もの？」

玄輝は男性の顔を見ながら言った。

「う、うん。そうなんだ。……大事な人から貰った大事なものなんだけど」

玄輝は視線を動かさず男を見つめた。

「嬉しかったのに……僕に勇気がなくて、それを受け取れなかった。受け取ったのに、投げ捨ててしまったんだ」

玄輝の視線に目を伏せて男は言った。

「とても後悔している。どうしても今日、見つけたいんだ」

玄輝はよっこらしょ、と立ち上がった。

「それ、もってる」

「え？」

男は驚いて顔を上げた。

「ほ、ほんとに？」

「まってて」

玄輝は男に背を向けると梓のいるベンチに戻った。

「あじゅさ」

久々に玄輝から声を出して呼びかけられ、梓は驚いた顔をした。

「ど、どうしたの、玄輝」

「ゆびわ」

「え？」

玄輝は手を差し出した。それを見て梓は、「指輪が欲しいの？」と聞いた。玄輝はうなずく。

「おとしたひと、きた」

玄輝の言葉に梓は公園の中を見た。だがそれらしき人はいない。

「玄輝？」

「いないけど、いる」

玄輝の言葉に梓はなにかを察したらしい。うなずいて指輪を出してくれた。

「玄輝、もし手に負えないと思ったら、すぐに俺や翡翠さんに言うんだよ？」

心配する言葉に玄輝はぐっと親指を突き出した。そのまま梓に背を向けると公園の中央に向かって走り出した。

男はいた場所で待っていた。もうしゃがみこんではおらずぼんやりと突っ立っている。半そでから伸びている腕は白く頼り無げで、常には部屋の中にいる人間だとわかる。

「これ」

玄輝は男に指輪を見せた。男は「ああっ」と心臓を射抜かれでもしたようによろめいた。

「そうだ、これだ……間違いない」

男は両手を伸ばしたが、指輪には触れなかった。

「あの日、僕には勇気がなく、大事な人を傷つけてしまった。ずっと謝りたかった。まだ間に合うだろうか？」

「きょう、これを、みつけなきゃ、いけなかった？」

玄輝は一文一文を区切ってしっかりと聞いた。男性はうなずいた。

「うん、今日だ。今日しかない」

「じゃあ、まにあう」

玄輝の言葉に男性は嬉しそうに切なそうに微笑んだ。

「ありがとう……」

そのまま消えてしまった。玄輝は指輪を宙に捧げたまま男性の痕跡を探したが、どこにもなかった。

「きょう……」

これが今日見つかった意味、今日でなければならないわけ。

それはきっと――。

玄輝は公園の入り口を見た。そこには灰色のコートを着た、初老の男性が立っていた。

男性は懐かしそうに公園を見回した。遊んでいる子供たちを見て目を細める。そして視線を地面に落とした。日に焼けたいかつい顔に、一瞬、やりきれなさが滲《にじ》む。

玄輝はその男に近づいた。

「おや、どうしたんだ、坊主」

男は玄輝に気づくと気安く笑いかけてきた。

「このご時世《じせい》知らない大人に近づくと通報されちまうぞ、いや、おじさんの方がな」

男は自分の冗談に受けて笑う。玄輝はにこりともせず男を見上げていた。

「……ここにはずいぶん久しぶりに来たんだ。学生の頃はしょっちゅう来てたけど、まだ残ってて嬉しいよ」

言い訳のように言って、自分でもそう思ったのか首をかしげて鼻をつまむ。

「どうして、こなく、なったの？」

玄輝の声はさほど大きくはないが、男にはちゃんと届いたらしい。

「……友達と喧嘩しちまったのさ。俺には大事な友達だったんだけど……。まあ指輪はどのみち玩具だったからなあ。俺の気持ちも偽物《にせもの》って思われたのかもな。俺は昔からいい加減で、あいつは学者を目指すほど真面目だったからな。仕方がないさ」

男は大きくため息をついた。

「しかたない……？」

「そういう時代だったからな」

言ってから男は驚いたような顔をした。

「まいったな。俺は子供相手になにを……」

玄輝は男に向かって手を差し出した。その指先には――。

「おいおい、待て。待ってくれよ！」

男は叫び、うろたえ、頭を抱えた。

「なんでそれがここにある？　なんでおまえが持ってるんだ」

「ひろった」

「拾ったって……だって三十年も前だぞ。なぜこのタイミングで」

玄輝は指輪を見て、その表面を撫でた。玩具の指輪でも当時は輝いていたのだろう。今はすっかりガラスも曇っている。

「きょう、みつけたかったって。ずっと、こうかいしてた。うれしかったのにって」

「え……」

「あやまりたいって」

「あいつがここに来たのか？　いや、嘘だ。あいつは重い病気で入院したとニュースで見たんだ、来られるわけがない」

男は両手を開いたり閉じたりした。ばたばたと足は地面を蹴り、さかんに首を振る。

「にゅういん、しってるなら、おみまい」

「どの面《つら》さげて……」

玄輝は指輪を差し出した。

「まだ、まにあう」

男は指輪を見て、それから玄輝を見つめた。

「坊主、おまえ、何者なんだ」

「それ、ひつよう？」

男の呼吸がせわしくなる。

「そうだな、そんなこと……どうでもいいな」

やがて男は大きく息を吸い、玄輝から指輪を受け取った。

「見舞いに行く。行きたかったんだ」

玄輝はこくりとうなずいた。

「ありがとう、坊主」

コートの裾をはためかせ、男は公園の出口に向かって駆け出した。その後姿は壮年《そうねん》の男のものではなく、青年の動きを思わせた。

指輪はずっと待っていたのだ。再び持ち主の指に戻ることを。

捨てられてしまったけど、きっと心の中ではずっと指にあったのだ。

(間に合う)

玄輝は祈った。

(きっと、間に合うから)

湘南《しょうなん》の海は冬でも青い。白いレースが幾重にも砂浜を彩る。海の上には雪をかぶった富士山が白く浮かんでいた。

そんな風景が見える窓ぎわにベッドは置いてあったが、残念なことにずっとカーテンがかかったままだ。

ベッドの上には年齢よりも老けて見える男性が眠っている。酸素吸入器をつけられ、ゼーゼーと嗄《かす》れた呼吸音が響いていた。肌の色は枕と同じくらい白かった。

その男性の様子をチェックした看護師が、ナースステーションに戻ってきた。

「夏目《なつめ》さん、もうあぶないみたい」

「ご家族はいないんでしょう？」

「生徒さんや助手の方はいるけど……連絡した方がいいでしょうか？」

「入院がニュースになるような偉い学者先生らしいけど、生活は寂しいわね」

ナースステーションで看護師たちが囁き合う。そこへ靴音を響かせて初老の男性がやってきた。

「すみません、夏目洋治《ようじ》の病室は」

「どちらさまですか？」

「友人です」

それを聞いて看護師は済まなさそうに眉を寄せた。

「申し訳ありません。この病棟ではご家族の方か、あらかじめ患者さんにお聞きしていた人でないと面会はちょっと」

「大丈夫です」

男はにっこり笑って指輪を取り出した。

「これから家族になるものですから」

**終**

「みんなー、そろそろ帰るよー」

時間はまだ早いが冬はあっという間に日が暮れる。梓は公園中で遊んでいる子供たちに声をかけた。

「まだあそぶー」

とりあえず反対するのは蒼矢だ。

「かえり、スーパーよる？」

朱陽はお買い物が大好き。

「そうちゃんがバケツ……ほうりっぱなしにする……」

白花は文句を言いながらバケツやスコップや熊手《くまで》を集める。

「……」

玄輝は寝ているので抱き上げる。

「翡翠さん、蒼矢を連れてきてもらっていいですか」

「うむ、任せろ」

西の空の端っこがもううっすらと黄色い。カラスの群れが飛んでゆくのが見えた。

「ねー、あじゅさ、ゆびわ、おまわりさんとこにもってくのね」

朱陽が聞いてきて、梓はあれっと腕の中の玄輝を見た。

「なんだ、玄輝。話してなかったの？」

顔を覗き込むと眠そうにそらされる。

「あのね、朱陽、みんな。指輪は落とし主が見つかったんだよ」

「えーっ！」

「いつー！」

「しらなかった……」

どうやら玄輝はみんなには黙っていたらしい。

「おひめさまのゆびわだった？」

「へんしんあいてむだった？」

「じけんのしょうこだった？」

「さあ、どうだろ。梓は聞いていないんだ。あとで玄輝に聞いてみて」

げんちゃんずるーいだの、おはなししてーだの色々と声が湧きあがったが、玄輝は気にせず眠っている。

その寝顔はなにかをやりとげたように、誇らしく満足そうだった。

「さあ、おうちへ帰ろう」

「あいあーい」

みんなで手をつなぐと公園に長い影が落ちた。それを追いかけながら、ゆっくりと歩く。

子供たちがいろいろな探し物に関わったことを梓は知らない。

小さな冒険はどんな場所でも起きているが、案外と語られないものなのだ。

# 第四話

# 神子たち、クリスマスを待つ

# 序

お昼に翡翠《ひすい》と一緒に街にお買い物にいったら赤い服の人がいっぱいいいた、と朱陽《あけび》が報告してきた。

「あかいおようふく、はやってんの?」

真顔の朱陽と白花《しらはな》に聞かれて、梓《あずさ》はアイロンかけの手を止めた。すぐそばでは玄輝《げんき》がころりと横になっている。

「ああ、あれはサンタクロースの衣装なんだよ」

「さんたくろす」

「しゃんたく……ろーしゅ」

朱陽と白花が繰り返す。

「ええっとね、十二月にはクリスマスって行事があるんだ」

「くりすます」

「くり……しゅましゅ」

言葉が遅かった白花は朱陽に比べてまだサ行が怪《あや》しい。

「外国の神様のお誕生日でね、その日にみんなでお祝いするんだ。その前の夜に、サンタクロースっておじいさんがいい子にプレゼントを持ってきてくれるんだ」

「ぷれぜんと！」

女の子ふたりは顔を見合わせた。

「あーちゃん、いいこだよ！」

朱陽は大声で言った。

「……しらぁなもいいこだと……おもう……」

白花は遠慮がちだ。言ったあと「いいこ？」と梓に小首をかしげて見せる。

「にしだのおばーちゃんも、たかはっさんも、ともはちゃんも、みんないいこだってゆうよ！　あーちゃんもしーちゃんもいいこだってゆってた！」

朱陽は畳《たた》みかけるように叫んだ。最近の朱陽はよく口が回る。四人の中では一番おしゃべりが上手だろう。

「そうだね、朱陽も白花もいい子だね」

梓は二人の頭を撫でた。朱陽はむふーっと鼻の穴を大きくして息を噴き出す。

「じゃあさ、じゃあさ、じゃあさ！　さんたくろすのおじいちゃん、ぷれぜんとくれる？」

「ぷれぜんと、くれるかな、しゃんた……くろしゅさん」

「う、うん、きっとね」

女の子たちは「わあっ」と飛び上がった。畳の上をその振動が伝わったろうに、玄輝は起きない。

「すごいね！　くりすます！　ごーきだね！　たいしたもんだね！」

朱陽の使う言葉がときどき古臭いのは、さくら神社の神使《しんし》の影響だろう。

そこへ蒼矢《そうや》が「あじゅさー、カルピシュのみたーい」と絵本を引きずりながらやってきた。今まで隣の和室で絵本を読んでいたらしい。

「あ、そーちゃん！　くりすますがぷれぜんと、しってる？」

「ク――？」

蒼矢はきょろりと目を回した。知ってる？　と聞かれて知らないとは言えないのが蒼矢だ。しかし、嘘をつくことは極力避けたい。蒼矢は自分の記憶を総動員した。

「し――しってるよ！　きいたことある！　そだ、テレビでゆってた！」

CMが流れるせいで単語だけは思い出したらしい。ふんす、と安堵の息を吐く。

「すごいよねー、さんたくろすさん、ぷれぜんとくれるんだって！」

「いいこにしてなきゃ……だめなのよ？　そーちゃん」

「なんだよー、おれ、いいこだろー」

「ええー？」

女の子たちは顔を見合わせ、それから梓を窺うように見る。

「そーちゃん、いいこかなー？」

「プレゼント……もらえるかな……」

「なんなのー！」

自分ひとりだけ仲間外《はず》れになっているような気がしたのか、蒼矢が癇癪《かんしゃく》を爆発させた。

「あけびもしらなーもぜんぜんいいこじゃないじゃん！　いじわるだー、いじわる！」

「い、いじわるじゃないもん！　いいこだもん！」

いい子じゃないとプレゼントがもらえない。朱陽は必死になって言い返した。

「あじゅさ、あーちゃんいじわるじゃないよね？」

「しらぁなも……ちがうよね？」

「いじわるだよね！　あじゅさ！」

三人に詰め寄られ梓はあわててアイロンを持ち上げた。

「三人とも喧嘩しないの。喧嘩する子のところにはサンタさん来ないよ」

「えー」

「やだー！」

「やだ……」

三人はあわててぎゅっとからだを寄せる。

「なかよしだもーん！」

「なー？」

「なかよし……」

急に態度が変わった子供たちに梓は苦笑を向ける。

「わかったわかった、みんな仲良し、いい子だね。じゃあ、いい子には梓がカルピスを作ってこようね」

「わーい！」


「クリスマスプレゼントかあ……」

梓はキッチンでカルピスをグラスに注ぎながら呟いた。

今まで子供たちには必要なものは買い与えていた。玩具もおやつも潤沢《じゅんたく》にとはいかないまでも、さほど不自由はさせなかったはずだ。だがクリスマスプレゼントとは、たぶんそういうものではない。

「どうしよう……紅玉《こうぎょく》さんたちに相談してみようかな。でも翡翠さんがまた大騒ぎしそうだし……うーん……」

一

「第一回高天原《たかまがはら》クリスマス対策会議〜」

前回、「はじめてのおつかい」のときに集まった神々を前に、アマテラスは口上《こうじょう》を述べた。

場所はだだっ広い会議室で、いくつもある窓にはブラインドが下り、天井には白色蛍光灯の照明が輝いている。アマテラスの背後にはホワイトボード、各神がついているテーブルは足が折り畳めるオフィス用の長テーブルで、椅子はパイプ椅子だった。

「どうでもいいんだけど、なんでわざわざこんな昭和風なレイアウトなんです？」

テーブルの上に直接腰を下ろしているスクナビコナが言った。

「ただのわたくしの趣味じゃ。文句を言うな。一度こういう場所で会議をしてみたかったのだ」

アマテラスはいつもの裾の長い着物ではなく、ＯＬのようなスーツを着ている。しかもわざわざワンサイズ小さめなものを無理矢理着て、バストを強調していた。

「だいたい、クリスマス対策会議ってなんだ？　姉上。なにを対策するのだ」

スサノオが面倒くさそうにテーブルに頬杖《ほおづえ》をついて言った。体の大きな彼は、パイプ椅子を二つ寄せて使っているが、それでも身じろぎするたびに、椅子の足がギシギシ鳴った。

「子供たちがクリスマスを楽しみにしていることじゃ。そもそも日本の国土を守る四神《ししん》の子が、異国の宗教であるキリスト教を信望するのはいかがなものか」

アマテラスはホワイトボードに〝クリスマス〟と大書きした。

「子供たちは別にキリスト教を信じているわけじゃなくて、単にサンタクロースからプレゼントをもらうことを楽しみにしてるだけだと思うんだけド？」

真冬なのにアロハ姿のワダツミがむきだしの腕をさすりながら言う。

「子供たちだけじゃなく、今の日本のほとんどの人間がそうだろ？　クリスマスがキリストの誕生日だって知らない人もいるんじゃゃナイ？」

「そもそもクリスマスは厳密にはキリストの誕生日やないちゃ。キリストの誕生を祝う日、というだけやちゃ」

クエビコが知識を披露する。彼だけはパイプ椅子ではなく車椅子に座っていた。

「あ、そうなの？　ソレは知らなかったヨ？」

そんなふうに言うワダツミに肩をすくめ、クエビコは続けた。

「ことほどさように日本においてはクリスマスは宗教的な色合いを薄くしとるちゃ。だからそこまで心配することはなかろうが、アマテラスさま」

「そうかもしれんが、それでも子供たちがサンタクロースを心待ちにしているという事実が腹立たしいのだ。今の日本にはクリスマスに勝てるイベントといえば正月くらいしかあるまい」

アマテラスはホワイトボードに〝正月〟と書き込み〝クリスマス〟に向かって矢印を引いた。

「バレンタインもありますよ」

スクナビコナが思いついて言う。

「それだってキリスト圏の祭りだろうが」

「いやあ、あれは……」

「菓子メーカーの祭りやちゃ」

スクナビコナとクエビコは顔を見合わせてうなずいた。

「そう考えるとキリストさんもかわいそうかなって。イベントに使われるだけ使われて信仰は増えないから」

ねー、と二人の知恵の神が声を揃える。

「とにかく！　子供らがクリスマスで盛り上がっているのが気に入らんのだ。日本人なら正月をもっと盛り上げろ！　なぜだ？　なぜクリスマスがそんなによいのだ？　プレゼントか？　ケーキか？　チキンか？」

ホワイトボードがどんどん文字で埋まってゆく。最後にアマテラスはバシンとボードを叩いた。

「それ全部でしょうねえ」

スクナビコナが苦笑する。とにかくクリスマスの戦略はうまくできている。ほとんどの縛りがなく、誰もが参加できるのだ。

「正月にはお年玉もあるし、餅《もち》もあるし、クリスマスツリー代わりに門松《かどまつ》だってあるのに！　なんだったら正月プレゼントというのを全国的に流行《はや》らせるのはどうだ!?」

アマテラスが無茶苦茶なことを言い出したとき、

「アマテラスさま。大変です！」

ドアを壊すほどの勢いで、鼻の大きな男の神が飛び込んできた。

「どうした、サルタヒコ。今会議中だぞ」

猿田彦命《サルタヒコノミコト》はアマテラスの孫の邇邇芸命《ニニギノミコト》が地上に降りたとき道案内したと言われる神で、大きな体と赤い顔、長い鼻を持っている。

「は、申し訳ありません。しかし、緊急事態です！」

サルタヒコは会議室の神々を見回して言った。

「緊急事態？」

「はい、七福神《しちふくじん》の布袋《ホテイ》さまが、おひとりで下界へ降りてしまわれました！」

その言葉にアマテラスはマーカーを取り落とした。

「なんだと？」

「サンタクロースに負けておられぬと、袋を持っているものとして負けない、子供たちにプレゼントを配るとおっしゃって」

「ほう、姉上のようにクリスマスに危機感を抱いてプレゼントを使ってプレゼンか」

スサノオが愉快そうに笑った。それを聞き、アマテラスはなるほど、と手を叩いた。

「うむ、七福神なら正月にはかかせない縁起物《えんぎもの》じゃからな。なかなかやりおる、布袋め」

「そ、それが」

サルタヒコは嬉しげなアマテラスの顔を見て、申し訳なさそうに大きなからだをすくめた。

「布袋さま……公園でプレゼントを配りだしたんですが、すぐに通報されて警察に」

「なんだと――！」

翡翠と紅玉はタカマガハラから連絡を受け、布袋が連行された派出所に飛んだ。

池袋駅前交差点にある派出所は、フクロウを模したデザインになっている。その派出所の机の前に、布袋がしょんぼりと座っていた。

赤い着物に赤い袴《はかま》、つるりとした頭にかぶった頭巾《ずきん》も赤い。ギリ、サンタクロースと言い張れば容認できるかもしれない。

翡翠と紅玉は、祖父が子供たちにプレゼントを配りたいと始めたことで、と苦しい言い訳をし、川上御前に作ってもらった偽《にせ》の身分証を提示して、なんとか布袋を派出所から連れ出すことに成功した。

「贈り物をするだけで罪に落とされるとは……現世はどこまで歪《ゆが》んでしまったのだ」

布袋は嘆きながらタカマガハラに帰った。池袋駅東口交番は、福の神を追い返したという非常にもったいないことをしたわけだが、このさい仕方がない。

「――あれ？」

紅玉が顔を上げてきょろきょろする。

「どうしたのだ？」

「いや、なんか……もう一柱《ひとはしら》、神様の気配がする」

「え？」

その二人の前に複数の警官に連れられ、大声でわめいている男が現れた。全身に金色の鎧《よろい》を着こみ、顔に硬そうな髭《ひげ》を生《は》やした大男だ。しかも、手に三又《みつまた》の槍を持っている。

「うわ、毘沙門天《ビシャモンテン》さま！」

「え？　七福神の？」

毘沙門天は派出所の前にいる紅玉と翡翠に気づいた。

「おお、ちょうどよかった、火精、水精！　こやつらに言ってくれ。わしは不審者ではない、ただ子供たちにプレゼントを配るさんたくろうすであると！」

翡翠は天を仰《あお》ぎ、紅玉は顔を覆ってしゃがみこんだ。しゃがみながらタカマガハラに連絡をする。

「すンません、マネーモシュネーさまの記憶を消す薬を至急手配していただけませんか？　孫思いの祖父の手はもう使えませんので」


「クリスマスプレゼント……」

梓はスマホ画面を見ながら呟《つぶや》いた。クリスマスプレゼントは特別なものだ。普段から欲しくて、でも絶対貰えないようなものが手に入ったりする。

自分の記憶でいえば、自転車だったり、スニーカーだったり、ゲームソフトだったり……日ごろから欲しい欲しいと主張していたものだ。

子供たちはなにを欲しいと言っていたかな？

朱陽はそのときどきで欲しいものがどんどん変わっていく。そして何をあげても大喜びする。

白花はずっと泥だんごと探偵と本木《もとき》貴志《たかし》が好きだが、それってどうプレゼントすればいいのだろう？

蒼矢はある意味一番簡単かもしれない。今はガイアドライブのロボット、ガイアガーディアンに夢中だ。しかし来年になれば終わってしまう番組の玩具を今買ってどうする、という思いもある。四月になればまた新しいヒーローに夢中になるのに。

玄輝は……。

梓は腕組みをして首をひねった。

玄輝はなにかを欲しいと言ったことがない。好きなものは寝ることとお天気お姉さんだとはっきりわかっているが。

「ただいまあ」

玄関で紅玉の声がした。どこか疲れているような元気のない声だ。

梓は居間から出て玄関へ向かった。上がり框《がまち》に翡翠と一緒にぐったりした様子で腰を下ろしている。

「どうしたんですか？」

「どうしたもこうしたも」

紅玉は力のない笑みを見せた。

「クリスマスプレゼントのせいでさんざんだったのだ」

翡翠もげっそりとした顔を上げた。水に青い液体を混ぜ込んだような顔色になっている。

「プレゼントですか？　それ俺も今悩んでて」

「「え？」」

二人の声がきれいにハモった。

「子供たちにクリスマスプレゼントをあげたいんですけど、なにがいいでしょうかねえ？」

二

「第二回高天原クリスマスおよびクリスマスプレゼント対策会議～」

「ひとつ項目が増えたな、姉上」

揶揄《やゆ》するように言うスサノオを無視して、アマテラスは会議用長テーブルの薄い天板を叩いた。

「タカマガハラ全域に触れを出せ。子供たちにクリスマスプレゼントをするために下界へ行くのは禁止だと！」

「考えてしかるべきでしたねえ。神無月《かんなづき》に子供たちをタカマガハラに招いたときも贈り物をしたがる神様たちを止めるのに必死だったから」

　スクナビコナがあぐらをかいた両ひざの上で頬杖をつき、呟く。

「クリスマスって誕生日と並んでプレゼントをするのになんの遠慮もいらない日だからネ？　そういうところがまた人気のイベントなんだヨ？」

　ワダツミがパイプ椅子に背もたれて行儀悪くガタガタと揺する。

「しかしプレゼント全面禁止ちゃ、また神々からクレームがくるがやないかね？」

　クエビコが心配そうに言ったが、アマテラスがバンバンとテーブルを叩き言葉を遮る。

「八百万の神々がいっせいに子供たちにプレゼントを贈ってみろ、あの小さな家が埋もれてしまうわ！」

「そうだな、俺さまがドラゴンボールを全巻プレゼントしてやるから、それで我慢してもらおう」

　したり顔で言うスサノオをアマテラスが殺気のこもった目で睨みつける。

「ドラゴンボールは全三四巻もあるだろうが！　どこに置く気だ！」

「あの漫画の感動は神棚《かみだな》に置いておくレベルだろうが！」

　姉と弟が睨みあう。

「まあまあ、それより子供たち自身が欲しいものを贈ってあげたらどうカナ？」

　ワダツミが二人の間にウミガメのように顔をつきだした。

「梓くんからの情報によると、朱陽はなんでも喜ぶ、白花は泥だんごと探偵と本木貴志が好き、蒼矢はガイアなんたらという玩具、玄輝はお天気お姉さんと睡眠のようダヨ？」

「………ワダツミさま、それって梓くん自身が言ってきたがかね？」

クエビコが穏やかな口調で、しかし少し険しい表情で聞いた。

「いや、ちょっと心の声を覗かせてもらったヨ？」

あっけらかんと答えるワダツミにクエビコは眉間にしわを寄せた。

「それはプライバシーの侵害ちゅーもん……」

「ま、ま、ま。それで蒼矢のは玩具屋さんで買えるものなんだケド、問題は白花と玄輝のプレゼントだヨ？　好きなものがわかっててもそれでどうする、というような案件で」

ワダツミは海のようにおおらかな笑顔でクエビコの苦言を遮った。

「それなら簡単じゃねえか」

スサノオがにやりと笑ってテーブルの上に腕を伸ばす。

「白花には本木貴志をつれてきて一緒に公園で泥だんごを作ってもらえばいい」

「おお、それは名案だな」

スサノオの言葉にアマテラスがパチンと手を打つ。

「いや、ちょっと、アマテラスさま？」

スクナビコナがテーブルの上で身を乗り出した。

「そっか。それなら玄輝にはお天気お姉さんに膝枕してもえばいいんじゃナイ？　一緒に眠れるし一石二鳥だよネ？」

ワダツミも自分のアイデアに自分で拍手をする。

「うむ、それもよい考えだ！」

「いや、だからアマテラスさま……」

クエビコもあわてて口を挟む。

「いやだと拒否されたらどうするノ？」

「そんなのはちょいと八塩折《やしおり》の酒でも飲ませて操ってだな……」

わいわいと盛り上がっているタカマガハラの実力者たちを見ながら、クエビコとスクナビコナは顔を見合わせた。

（あ、あかんちゃ、なんとかせんと。この中で常識があるのはオワとスクナビコナどのだけだわ）

スクナビコナを横目で窺うと、彼も真剣な顔でうなずいている。タカマガハラの神々がいくら子供たちを喜ばせたいからといって、地上の人間を好き勝手に操っていいはずがない。

「スクナビコナ殿、緊急事態なのでいいですかね」

「仕方ないよね」

クエビコはサロペットの胸ポケットに入っていた小瓶を取り出した。中には緑色の液体が光を発しながら揺れている。

（以前、マネーモシュネーさまにいただいた記憶を失う薬、さっき下界で使ったが、まだちょいと残っていてよかったわい）

クエビコは小瓶のふたをあけ、三柱に向かってにこやかに声をかけた。

「えー、みなさん、ちょっとこちらにご注目をー」

神々がいっせいにクエビコを振り向く。スクナビコナはさっとパイプ椅子の下に隠れた。

クエビコはここ一番の笑みを浮かべながら、三柱の顔をめがけて緑の液体を振りかけた。

「クリスマスパーティですか？」

公園でおもちゃを配っていた不審者の事件があってから数日後、梓は公園で子供たちのお友達のママさんから誘いを受けていた。

「そう、まえにマドナちゃんのお誕生日会をやったでしょ？　あのときみたいにまたみんなでマドナちゃんちに集まって、持ち寄りパーティをしようと思っているの。明後日《あさって》なんだけど、羽鳥《はのとり》さんも子供たち連れてぜひ参加してくださいよ」

かりんちゃんのママが楽しそうに言う。

「は、はあ……」

「クリスマスプレゼントはお金をかけない方向で、子供たちがもう使わなくなったおもちゃを交換しようと思っているの」

マドナちゃんママと優翔《ゆうしょう》くんママが顔を見合わせてうなずきあった。

「なるほど」

子供たちが飽きたとしても、別の子にとっては新しいおもちゃだ。

「じゃあ参加させていただきます」

「ありがとう、みんな喜ぶわ。あとで時間をメールするわね、パーティの持ち寄り食材はかぶらないように事前申告だからなにか考えておいてね」

「はい」

帰って行くママさんたちを見送って、梓はベンチに腰を下ろした。隣にはいつものように玄輝が寝ている。

パーティか。前回はメイン料理を避けてデザートにトライフルを作ったっけ。あれからけっこうレパートリーも増えた。前のようにオタオタしないぞ。

なにがいいかな、大きなオムレツ？　唐揚げ……は優翔くんママの得意分野だったな、じゃあ餅きんちゃくをかりっと揚げて……いや、いっそビリヤニみたいなスパイシーなものもおもしろいかも。

梓があれこれとメニューを考えていると、つんつんと服の裾を引っ張られた。見ると玄輝が起きて自分を見ている。

「どうしたの？　玄輝」

玄輝は黙ったまま指を伸ばして公園の一角を指さした。その小さな指の先には朱陽と白花がいた。いや、二人だけではない、白いシャツに黒い服の、どこぞの葬式帰りのような若い男性が四人、子供たちを取り囲んでいる。

「な……！」

梓はあわてて立ち上がった。もちろん玄輝を一緒に抱き上げて。

「あ、あの！」

朱陽たちのもとへ駆けつけると、四人の青年ははっと梓を振り向いた。四人はどう見ても日本人ではなかった。きれいなブロンドやブルネットの髪に青や緑の目、ぞっとするほど美しい顔をしている。

「うちの子供たちに何のご用ですか！」

四人は互いに目配せしあい、無言で子供たちから離れた。その逃げ足は人とは思えないほど早かった。まるで羽でも生えているように、たちまちのうちに消え去ってしまう。

「朱陽、白花、大丈夫？　なにもされなかった？　なにか言われた？」

「えーっとね、あのねー」

朱陽は首を傾げている。

「なんだっけー？　なんとかするってゆった！」

答えになっていない。代わりに白花が答える。

「……ちゅくちゅくする……って」

「ちゅくちゅく!?」

ぞっと背筋に悪寒が走った。意味はわからないが、なにかやばくないかそれ！

「朱陽、白花、もう帰ろう。蒼矢は？」

「そうちゃん、あすこ」

朱陽が指さすジャングルジムのてっぺんに蒼矢がいた。青く乾いた空を見上げている。

「蒼矢、帰るよ！」

「あじゅさー」

蒼矢が空を見上げたまま返事をした。

「なんかおっきなとりがいたよー……」

「えーっと……第三……二回？　高天原クリスマス、及びクリスマスプレゼント……？

及びクリスマスパーティ対策会議……」

アマテラスがこめかみを押さえながら呻《うめ》いた。

「なんだか頭がぼうっとする。うたた寝したと思ったが、ずいぶん長い間眠ってしまったようだ。ええっと、結局クリスマスプレゼントはどうなったんだったか」

「クリスマスプレゼントについてはタカマガハラは全面禁止になったんですちゃ」

　クエビコが急いで言った。

「そう……だったか？」

「そうですちゃ！　ほれ、布袋様や毘沙門天様の抜け駆け行為が問題になりましたやろ？　他にもプレゼントを配りたいという神が出たらまずいと」

「あ、ああ、たしかに」

　それは覚えていたらしい。アマテラスはしかめ面で答えた。

「それで全面禁止に。そうやったろ？　スクナビコナどの」

「そうそう、全面禁止に。アマテラスさまがおっしゃったんですよ、タカマガハラ全域にお触《ふ》れを出せって」

「そう……そうだったかのう……？」

　マネーモシュネーの薬は記憶を消すだけでなく、改竄《かいざん》もできる。まだぼうっとしているワダツミやスサノオにも、プレゼントは禁止、と懸命に刷り込んだ。

「それより議題にもあがっているクリスマスパーティとはなんですか？」

スクナビコナが話をそらした。

「ええっと、これは……、下界ではクリスマスにパーティをやるらしいので……楽しそうだから我々もタカマガハラでそういうのをできないかと思って……」

アマテラスが頭の中の霧を払おうとするかのように首を振った。

「おい、ちょっと待てよ。なんだ？　日《ひ》の本《もと》の俺たちがキリストなんぞの誕生日会をやろうってのか？」

スサノオがぎょっとしたように声を上げた。

「最初に言ったが日本においてクリスマスはすでにその概念を失っている。ただ木を派手に飾ってケーキを食べて楽しむだけだ」

アマテラスは調子を取り戻してスサノオに厳しく言った。

「それにしたってなにかしらの影響はでるぞ」

「やはりそうかのう……」

アマテラスはクエビコの方を窺った。クエビコはうなずいて、

「お祝いなら新年会もあるですちゃ。クリスマスパーティはさすがに……。あきらめてくだされ」

「うう……そうか。残念だな。それでは次の議題――」

会議室のドアが勢いよく開けられ、再び鼻の大きなサルタヒコが飛び込んできた。

「アマテラスさまー！」

その声にアマテラスはうんざりとした顔を向けた。

「なんだ、こんどはどいつが地上にプレゼントをまきにいった!?」

「そうではありません、不審者です、不審者が公園に現れました！」

サルタヒコは鼻を振って大声を張り上げた。

「だから、誰が降りたのだと」

「日本のものではないようです。異国の人間らしいと水精から連絡がありました」

「異国人だと!?」

ざわりと会議室の空気が揺れる。アマテラスはクエビコに腕を振った。

「すぐに水精の翡翠と回線をつなげ！」

『翡翠！　異国の不審者が子供たちに接触したというのは事実か！』

「は、はい。アマテラスさま」

翡翠は羽鳥家の縁側でタカマガハラからの通信を受け取った。気づいた紅玉も翡翠の元へ駆け寄る。

『そいつらは接触しただけで子供たちには危害が及ばなかったのだな!?』

「アマテラスさま、紅玉です。僕たちはその場にいなかったので梓ちゃんや子供たちからの聞き取りでしかないのですが……」

紅玉が報告しようとするのを横から翡翠が割り込んだ。

「白花がやつらから脅《おど》されたんです、アマテラスさま！」

翡翠は身を震わせて叫んだ。

「ちょっと落ち着け、翡翠」

紅玉が翡翠の口をふさごうとするがそれを振り払って叫ぶ。

「おそらく子供向けの言葉を使ったのだと思われますが……白花と朱陽に向かって……」

翡翠の全身からどっと水がしたたり落ちる。

「チクチクしてやる、と……！」

『なんと！』

通信の向こうでアマテラスが絶句する。

『チクチクだと？　どういうことだ、刺し殺すとでも言うつもりか！』

「わかりません。ですが私はこの言葉、単純なだけに恐ろしいのです！」

紅玉はぐいっと翡翠の頭を押しやった。

「翡翠、おまえあっちへ行ってろ。アマテラスさま？　白花の聞き違いということもあります。あまり大事《おおごと》になされませんように」

　ううむ、と通信の向こうでアマテラスが呻く声が聞こえた。

『……以前、ハロウィンのとき、異国の魔物が池袋に入り込んだことがあったな』

「あ、ええ。ジャック・オー・ランタンと人形遣いですね。でも今回は魔物ではないかも……」

『前回も今回も異国の祭りの時期に力を蓄《たくわ》えてやってきたのだったな』

　アマテラスは紅玉の言葉をさえぎって言った。

「前回は裏で魔縁《まえん》が糸を引いていました。今回もそれを鑑《かんが》みて高尾《たかお》の天狗《てんぐ》たちにもすでに連絡済みです」

　紅玉はアマテラスを安心させるように、こちらの準備体制を報告した。

『そうか。軽井沢でも手を出そうとしていたしな……今地上は祭り気分で浮かれて人出も多い。クリスマス・イブ及びクリスマス当日は異国の魔物の力が一番増す時期だ。人間だろうが何だろうが、くれぐれも気をつけろよ、紅玉、翡翠』

「はい、お任せくだ……」

　翡翠が紅玉の言葉にかぶせるように叫んだ。

「私の命に代えてもっ！　たとえこの身がすべて蒸発しきっても、子供たちは守ります！」

そんな悲壮な会話が交わされているとき、子供たちは玩具箱《おもちゃ》をひっくり返していた。

クリスマスパーティに持って行く玩具を選ぼうというのだ。

「これはーまだあそぶー、これはすきだからだめー」

子供たちの中で一番玩具をもっているのは蒼矢だ。買ってもらったものだけでなく、道や公園で拾ったもの、庭で見つけたものなど気に入ったものはなんでもとっておく。

ただの石ころにしても、蒼矢にとっては形がかっこよかったり、色が好きだったりして捨てられない。

「うーん……これはにしだのおばーちゃんにもらったしー、これはおはなのおばーちゃんにもらったしー」

反対にあまり玩具を持っていないのが朱陽で、だいたい人からの貰いものばかりだ。

それ以外のものに関しては、いっとき気に入ってもさほど執着心がなく、梓が「捨てるよ」と言っても「いいよー」と見向きもしない。

「おもちゃ……」

悩んでいるのが白花。白花の玩具箱にはいっているのは実は玩具ではない。

泥団子はコレクションで、ミステリーのＤＶＤや本木貴史が載っている本や新聞記事、映画のチラシは大切な資料だ（それらの本や新聞の切り抜きは翡翠が頼まれて持ち込んでいる）。

白花は泥だんごも本木貴史も好きだが、それを他人に押しつけようとは考えていない。

自分が好きなものが他の人間も好きとは限らないということを、かなり早い段階で学んでいた。

だがそれらのグッズを抜きにすると、玩具箱にはものが残らない。

「……」

玄輝は玩具箱の中に顔をつっこんで寝ている。

マドナちゃんの誕生日のときも子供たちはかなり悩んでいたが、今回も悩みそうだ。

そして梓も今回はベテランママさんたちに負けないパーティ料理を決意している。

決戦は明後日だ！

三

クリスマスパーティ当日まで、子供たちの周辺に異常はなかった。

外出するときは常に上空にカラスが舞っているのが不気味だったが、それはほとんど高尾《たかお》の天狗《てんぐ》の擬態《ぎたい》だ。

公園で遊ぶときには翡翠と紅玉が子供たちに張り付いた。

「この鉄壁の防御網《ぼうぎょもう》、破れるものなら破ってみろ！」

特に翡翠はからだの一部をミスト化して常に子供たちの周辺に漂わせているので、いつもより陰が薄い。時には透けているときもあるほどだ。

子供たちはそれぞれ選んだプレゼントを袋にいれ、梓に連れられてマドナちゃんの家へ向かう。

蒼矢は玩具の中からガイアドライブの敵役怪人のソフビを選んだ。本当はあまり好きじゃない怪人を選ぼうとしたのだが、最後には思い直して二番目に好きな怪人を選んだ。

「こいつ、すごいつよくてー、からだじゅうからブキだしてガイアドライブがくせんするんだ」

「すごい強いやつなら蒼矢も好きなんじゃないの？」

「すきだけどー、すきだからーあげたらいっしょにあそべるでしょー」

蒼矢のアイデアに梓は感心した。未来の遊びのことを考えられるのはたいした成長だ。

朱陽は庭で摘んだ花をいろいろと押し花にしていたので、それを使ってはがき大の大きさの紙に絵を描いた。

悩んでいた朱陽に、絵手紙というものがあると教えてくれたのは、仁志田《にしだ》のおばあちゃんだ。

「これねー、おはなのなかにようせいさんがいるのよ」

たくさんの花びらを使った色鮮やかな絵は、正直花びらが多すぎてなにを表しているのかわからない。

「えっとね、えっとね、ようせいさんはねー、みえないけど、みんなをしやわせにするの！」

朱陽の目には妖精がちゃんと見えているらしい。

白花は海で拾った巻き貝をきれいな箱に入れた。

「これ……みみにあてると……ざーざーってうみのおはなし、するの」

白花は梓の耳に巻き貝を当てた。梓の耳にも聞こえてくるが、それはノイズだったり周波数だったりすることは知っている。

だが、白花がそう思っているなら今はそのままでいい。真実を知るのはいつでもできる。

「そしたらうみのゆめみれて……うみにいけるの。でんちゃやばしゅに……のらなくていくて……おとくなの」

玄輝は軽井沢で集めたどんぐりを缶いっぱいにつめた。

「そういえばマドナちゃんの誕生日のときは、缶いっぱいのセミだったたね」

梓が言うと玄輝は重々しくうなずいた。あのときは大騒ぎだったな、とつい半年ほど前なのに懐かしくなる。

「玄輝はなんでも詰め込むのが好きだね」

梓が缶を返すと玄輝はふたを開けてさらにどんぐりを詰めようとする。

「玄輝、ふた、閉まらなくなるよ？」

玄輝にとっては容器のふちまでもので満ちていることが重要らしい。

マドナちゃんの家へ向かう途中で、バサバサと大きな羽の音がした。振り仰ぐと高尾の天狗、一五郎坊示玖真《じゅうごろうぼうしぐま》が空から降りてきた。

大きな黒い翼に山伏《やまぶし》のような衣装。手には長い六角棒《ろっかくぼう》。ぎょっとするほど目立つと思うのだが、周囲の人間には認知されていない。天狗たちは気配を消すことのできる技を持っているのだ。

「よう、羽鳥梓。それに子供たち」

示玖真の登場に子供たちはわっと歓声を上げて取り巻いた。強くてかっこいい示玖真は子供たちの憧れだ。過去、人間だった時に息子を亡くしたという示玖真も、子供たちを大切に思ってくれている。

「今日はパーティが終わるまで俺たちが上空で待機している。だから安心しろ」

「はい」

「前の時のような下手《へた》は打たねえ」

マドナちゃんの誕生日パーティのとき、蒼矢と優翔くんが魔縁にさらわれたことがある。

そのことを言っているのだと梓はうなずいた。

「よろしくお願いします」

「水精と火精は？」

「二人ともマドナちゃんの家のそばに待機してます。翡翠さんはからだを細かくして子供たちの周囲を張っています」

「なるほど、備えは万端《ばんたん》だな。上空は俺たちに任せとけ」

示玖真は再び翼を振って空へ舞い上がった。その周辺をたくさんのカラスが飛び回る。

「これだけ用心していれば大丈夫だよね……」

梓は呟き、子供たちと手を繋いでマドナちゃんの家へ向かった。


「メリークリスマス！」

マドナちゃんの家には公園で遊ぶ子供たちや、マドナちゃんの幼稚園のお友達が来ていて大賑わいだった。リビングの大きなテーブルの上にはたくさんのご馳走が並んでいる。予想したように唐揚げ、ハンバーグ、たこさんウインナ、手巻き寿司……その中に梓は二時間かけた力作を披露《ひろう》した。

「ライスコロッケです。おにぎりの中に肉みそやつくだに、チーズやウインナ、炒《い》り卵なんかを入れて揚げてみました！」

一口サイズでまん丸にしたカリカリコロッケを、大皿に山のように盛る。

「わあ、大作ねえー　ハズレとかもあるの？」

「おたのしみに！」

ハズレって何だろうと思いながらも、そう言ってみた。ママさんたちは大喜びだ。

仕上げに、梓はそのコロッケに次々とカラフルな旗を挿していった。皿の上がいっきに賑やかになる。

「これは子供たちもテンションがあがるわー」

「とにかく楽しいのがいいかと思って」

部屋の中には天井まであるクリスマスツリーが立っている。揺れるオーナメントが部屋の照明を反射してきらきらと輝いていた。

「あけびちゃん、みてみて」

「わあ、マドナちゃんきれー」

マドナちゃんはまたお姫さまのようなドレスを着ていた。朱陽は両手を組んで頬にあてうっとりと叫ぶ。

「すってきー、おひめさまー」

マドナちゃんはくるりと回って白くてふわりとしたスカートを翻す。

「ぱーてーだもん、おしゃれしちゃった」

「いーなー、あーちゃんもおひめさましたい」

「じゃあ、あーちゃん、うちのこになりなよ」

「えー？」

「そしたらマドナとおそろいのドレス、ママがつくってくれるよ」

「うーん……」

朱陽はちらっとリビングで料理を並べている梓を見た。

「うーうん、あーちゃん、あじゅさんちのこだからだめだー」

「あずさちゃん、ドレスつくれる？」

「うん、でもお」

朱陽は自分が来ているセーターのすそを引っ張って見せた。そこには大きな花のモチーフが咲いている。

「ここんとこ、あーちゃんあなあけちゃったの。でもあじゅさがね、けーとでおはなつくってくれてね、くっつけてくれたの。かーいーでしょ」

朱陽はマドナににっこりした。

「だからね、あーちゃん、あじゅさんとこのこでいーのよ」

「そっかあ」

マドナちゃんはしゃがんで朱陽のセーターの裾をみた。

「かわいいね！　あーちゃん、いいなあ」

「いーでしょー」

女の子たちはおでこをくっつけて笑い合った。

白花は、大人たちが忙しく食事の用意をしているリビングの隅に座り込んでいた。前から読みたかった絵本が無造作にカーペットの上に放り出されている。それを拾い上げ、壁に背中をつけてページをめくった。

緻密な線で見たこともない街がこまかく描き込まれている。

夢中でそれを見ていると、隣に誰かが座った。顔をあげると、ときどき公園の砂場で一緒に遊ぶメイちゃんだった。

「しーちゃん、ちょっと、いい？」

メイちゃんは大人っぽい口調で言った。

「しーちゃんはひみつ、まもれる？」

「ひみつ？」

「うん。しーちゃんにめいのひみつおしえたげる」

白花は首を傾げた。メイちゃんとは確かに遊ぶこともあるが、それほど親しいわけではない。

「しらぁな、……ひみつ、きかなきゃだめ？」

「うん、だめ」

では仕方がない。白花は絵本を閉じた。

「なあに？」

「あのね、めいね、かいとくんすきなの」

そう言ってメイちゃんはきゃーっと顔を覆う。

「だれにもいっちゃだめよ」

「うん……」

メイちゃんは立ち上がって離れて行った。見ていると、別な子のところにいってこしょこしょと内緒話をしている。そのあと今と同じように「きゃーっ」と顔を覆ったので、たぶん同じ話をしたのだろう。

秘密、と言ったのにみんなに話してる。

「へんなの……」

白花は絵本を開いた。メイちゃんの話より、この絵本の中にたくさん秘密がありそうだと思った。

「そーやー」

「ゆーしょー！」

蒼矢は一番の友達である優翔に駆け寄り、腕をクロスさせる。

「そうや、ぷれぜんとなににした」

「ないしょー、ゆーしょーは？」

「ないしょー」

二人はげらげら笑いあった。

「ぷれぜんと、ゆーしょーにあげるよ」

「あーでもぉ、ぷれぜんと、だれがもらうかわかんないんだって」

優翔は蒼矢の耳元で囁いた。

「え？」

「みんなでぐるぐるまわすんだって。だからそーやのもらえないかもしんない」

「そんなー」

蒼矢の考えではプレゼントを優翔くんにあげて一緒に遊ぶ予定だった。なのに、肝心《かんじん》の優翔くんにプレゼントが渡らない可能性があるなんて。

「そんなのやだ……」

だったらなんのために二番目にお気に入りのものを選んだのかわからない。もしマドナちゃんやエリカちゃんに渡ってしまったら、きっとしまわれて遊んでもらえない。

「こまったなー」

（蒼矢、蒼矢……）

耳元で誰かに囁かれ、蒼矢は飛び上がった。

「だれ？」

（わたしだ、翡翠だ）

「ひーちゃん？」

蒼矢はきょろきょろしたが翡翠の姿は見えない。子供たちの護衛のために、翡翠はミスト状になってついてきていたのだ。

（困ったとはどういうことだ？）

翡翠の言葉に蒼矢は唇を尖らせて訴えた。

「……おれ、ぷれぜんと、ゆーしょーにあげたかったの」

（そうなのか？）

「でもゆーしょーぷれぜんともらえないかもって。おれ、ゆーしょーとそれであそびたかったの」

（なるほど）

翡翠はしばらく沈黙した。

（わかった、蒼矢。蒼矢のためならこの翡翠、願いをかなえるよう努力しよう）

その言葉に蒼矢は思わず手を叩いた。

「ほんと!?」

（ああ、任せてくれ）

玄輝はそんな蒼矢と翡翠の話を聞いていた。けれど、それは玄輝には関係のないことだった。

なぜなら今は、マドナちゃんの妹のセリアちゃん（一歳）が、壁のコンセントに濡れた指をつっこもうとしているのを止めるので、忙しかったからだ。

「セリアちゃん、だめ」

「だーう、あー」

「だめ、あぶない」

「あぶぅーやあぁー」

玄輝はセリアちゃんを羽交《はが》い絞めにした。セリアちゃんが嫌がって泣く。

「こら、玄輝。セリアちゃんをいじめちゃだめだろ」

梓が飛んできて玄輝からセリアちゃんを引きはがし、抱き上げる。

セリアちゃんを感電から防ごうとした自分の英雄的行為に対して、まったくの誤解だったが、ともかく危機的状況は脱した。

玄輝は安心してソファによじのぼると、丸いクッションに頭を載せて夢の国へ旅立った。

お部屋で遊んでご馳走を食べて、いよいよクリスマスパーティのメインイベント、プレゼント交換会が始まった。子供たちはぐるりと輪になり、それぞれ自分のプレゼントを手に持つ。

「じゃあみんな。音楽が鳴ったら持っているプレゼントを隣の子に渡してね。それで音楽が止まったとき、持っているものがプレゼントです」

主催のマドナちゃんママが言って、スマホで曲を選んだ。流れるのはにぎやかなジングルベル。

「はい、プレゼント回して回してー」

蒼矢は持っていた袋を隣の朱陽に渡した。優翔はちょうど対面にいる。どうしたら無事に彼の手元に届けられるだろう？

子供たちの様子を見ていたカピバラ似のマドナちゃんパパがスマホを手にする。画面をタップして音楽を止めようとして指を伸ばした。蒼矢のプレゼントはまだ優翔の手元に届いていない。

「ひゃあっ」

停止のアイコンに触れようとしたパパの指が離れた。音楽を止めようとしたとき、うなじに冷たいものが落ちたのだ。

もない。

「な、なんだ?」

首筋に手をやって振り向く。しかし背後には誰もいないし、上から水が落ちてくるわけもない。

「?」

マドナちゃんパパはもう一度画面に触れようとした。そのときには蒼矢のプレゼントは優翔くんの手を離れていた。

「ひっ」

今度はまぶたに水を跳ねさせられた。マドナちゃんパパは目をぱちくりさせる。

「あなた、なにやってんの。そろそろ音楽止めて」

「う、うん」

隣のママに言われマドナちゃんパパはもう一度画面を見た。

翡翠は焦《あせ》っていた。今のところ優翔くんの手に渡っていないときは音楽を止めないようにできているが、逆にどうやって優翔くんのところで止めればいいのか? 蒼矢のプレゼントが優翔くんに渡った瞬間、音楽を止めるには——。

(このさい、その瞬間にスマホ内部の機械を凍り付かせて止めるしか……!)

翡翠はそのタイミングを計り、蒼矢のプレゼントが優翔くんに渡る一瞬前、見えない氷の手を伸ばそうとした。

（おまえはなにをしている）

紅玉の念話が突き刺さり、氷の手が蒸発した。

音楽が止まった。マドナちゃんパパが停止アイコンに触れたのだ。

「あー！」

見守っていた蒼矢は手にしたプレゼントと一緒に後ろにひっくり返った。蒼矢のプレゼントは優翔の隣のマドナちゃんに渡っていた。


「やっていいことと悪いことが！」

「しかし蒼矢の望みをかなえたかったのだ」

マドナちゃんの家のそばで、紅玉は翡翠の本体を怒鳴っていた。翡翠は首を垂れしょんぼりしている。

「時の運とか諦めるということも子供の成長には欠かせないんやで！　第一そんなズルを覚えさせることが蒼矢のためになるか、あほ！」

「す、すまん。私はとんでもないことを……」

翡翠は足元から水を滲み出させながら猛反省していた。

# 四

　クリスマスパーティがお開きになったのは一六時だった。十二月のこの時期では午後四時といえど周囲は薄暗くなっている。

　子供たちは手に手にもらったプレゼントを抱え、スキップでマドナちゃんの家を出た。子供たちと一緒に帰るのは梓だけで、紅玉と翡翠は警戒のため少し離れてあとからついてきていた。

「あーちゃんのぷれぜんと、くまさんのかがみー」

　朱陽は梓にもらったプレゼントを見せた。これは公園で時々遊ぶ、メイちゃんという子が用意してくれたものだ。

　ピンクの小さな手鏡に丸い耳がついていて、裏面にはきょとんとしたクマの顔が描いてある。

「かーいーの！　あーちゃん、これすき！」

「しらぁなのプレゼント……なわとび……」

お下がりではあるが、汚れてもいないしとてもきれいに使われている。

白花はマドナちゃんの家を出たところでさっそく使ってみたが、そもそも縄跳びの飛び方を知らないために縄が地面を打つだけだった。

「練習しような、白花。飛べるようになったら楽しいよ?」

「んーん……」

白花はもう一度縄跳びの紐で地面をパシンと打った。

「これでもいい……わるものやっちゅける……」

「いや、白花。それ自体が悪者《わるもの》っぽいからやめて」

梓が懇願《こんがん》すると白花は小首をかしげて縄跳びと梓を交互に見る。

「……あじゅさ、いっしょにれんしゅーしてくれる?」

「ああ、もちろんだよ」

「……だったら、しらぁながんばる……!」

白花ははにかんで笑った。

「玄輝はなにをもらったの?」

梓が聞くと玄輝は紙の箱を差し出した。開けてみると中にはたくさんの折り紙で折った紙飛行機が、箱いっぱいに入っている。

「わあ、すごいね。一生懸命折ったんだろうね」

梓の言葉に玄輝はうなずいてひとつ取り出してみた。青い紙飛行機をひょいとほうると、飛行機は黄昏《たそがれ》の空に舞い上がり、一回転して玄輝の足下に落ちてきた。

「すごいね。全部試すには時間がかかりそうだね」

玄輝は嬉しそうにうなずく。いや、もしかしたら飛行機ではなく、箱にみっしりと入っていたのが嬉しかったのかもしれない。

「蒼矢は……」

視線を向けると蒼矢はもらったプレゼントを握りしめて怒った顔をしていた。

持っているのは「花の妖精シリーズ」というレーベルで発売されている妖精の女の子の人形だった。ちなみに送り主はマドナちゃんだ。

「おれ、これ、いらなーい！」

蒼矢がわめいた。

「蒼矢……」

「おれ、こんなのほしくない！　こんなのおもしろくない、いらないっ！」

「蒼矢、せっかくのプレゼントなのに……」

「いらないもん！　こんなんであそばないもん！」

蒼矢は叫ぶと、人形を渾身《こんしん》の力で放り投げた。

「あ、こら！　蒼矢！」

人形は木の幹に当たり、あさっての方へ飛んでいった。

「蒼矢！」

梓は蒼矢の前にしゃがむとその両肩を強く掴んだ。

「気に入らないものだとしても、人からもらったものを粗末《そまつ》に扱っちゃだめだ！　あの人形にはマドナちゃんの思いがこもっているんだよ！」

「だって、」

蒼矢は口を曲げた。目に涙がにじんでいる。

「げんちゃんやしらなーのやつのほうがいいもん！　おれだけあんなんで、そんだもん！」

「損とか得とか、そういう問題じゃない」

「……そーちゃん、あーちゃんのかがみはー？」

名を呼ばれなかった朱陽が鏡をキラキラさせて言う。

「かがみもいらないもん！」

「あう……」

かあいーのに、と朱陽は不満そうだ。

「羨ましいのはわかるけど、今のは八つ当たりだ。人形を探してきなさい、待ってるから」

「いや！」

「蒼矢！」

「あのう……」

言い合っているとおずおずと声がかけられた。振り返ると見知らぬ女性と小さな女の子が立っている。

「この人形……もしかしてそちらのですか？」

女性が言って、自分の娘らしき女の子を見下ろす。女の子は両手に人形を持っていた。蒼矢より小さな子だった。

「あ、そ、そうです、そうです。すみません」

「いえ、ちょうど落ちてきたので。ほら、みっちゃん、お人形、おにいちゃんに返して」

みっちゃんと言われた女の子はぎゅっと人形を握りしめている。

「みっちゃん？」

「……いや」

みっちゃんは小さな声で言った。

「みっちゃん!?」

「おはなのようせーさんだもん、みっちゃんのとこにきたんだもん」

「みっちゃん、駄目よ。それはみっちゃんのじゃないの」

母親はあわてて娘の手から人形を離させようとした。みっちゃんは胸に人形を押し付けて背を丸め、抵抗した。

「いやっ、いやっ、これみっちゃんのだもん！」

「みっちゃんてば！」

思いがけない娘の拒絶に、若い母親はおろおろとして梓に頭をさげた。

「す、すみません、今返しますから」

「あ、いや……」

梓が声をあげようとしたとき、

「それあげる！」

蒼矢が大きな声で言った。

「おれ、それいらないの。だからあげる！」

「え……」

若い母親は蒼矢の顔を見て、梓を窺った。

「あ、えーっと……」

梓は口ごもった。どういう対応をしたらいいのかとっさにはわからない。

「あげるそれ、だいじにして。マドナちゃんからもらったものなの。おれよりおまえのほうがもってるの、いいから」

ねっ、と蒼矢は梓を見上げた。梓は一瞬躊躇《ちゅうちょ》したが、蒼矢の言う通り、いらないというものを無理矢持たせておくより、欲しい子が持っている方がいいだろう。

「ええ、そうですね。この子の言うとおりです。ぜひもらってやってください」

「でも……」

母親は困った顔で娘を見た。梓にも気持ちはわかった。子供が欲しがっているからといって、見ず知らずの人からはいそうですかと貰うのは間違っているのではないかとためらっている。

「ようせーちゃん、おれのとこよりみっちゃんとこがいいってとんでったんだよ」

蒼矢が母親の顔を見上げて言った。

「おだいじにな！」

ようやく母親の顔に笑みが浮かんだ。

「そうなの……？　それじゃあ大事にしなきゃね」

母親は娘に身をかがめ、その耳に話しかけた。

「みっちゃん、おにいさんにお礼言いなさい」

みっちゃんは顔をあげ、大きな目で蒼矢を見つめた。

「おにいちゃん、ありがとう！」

「お、おう……」

蒼矢は胸をそらして小声で応えた。頬が赤くなっている。みっちゃんと母親が去っていくのを見て、梓がそっと言った。

「いいの？　蒼矢。プレゼントなくなっちゃったよ？」

それに蒼矢はにんまり笑う。

「おにいちゃんだって！　あじゅさ、おれ、おにいちゃん！」

蒼矢は朱陽や白花、玄輝を振り返った。

「なー、おれ、おにいちゃんだぜ！　おにいちゃん！」

「えー」

「……なに、それ」

「……」

他の子たちは蒼矢のおにいちゃん宣言に不満そうな顔をした。

「えへへー、おにいちゃん！」

蒼矢は嬉しげにスキップする。どんなクリスマスプレゼントより、おにいちゃんと呼ばれたことの方が嬉しかったらしい・

（ま、まあ、いいか。逆に言えば蒼矢は自分の不要なものを必要とする人に譲ったということで……あのまま不満を抱えたままにするよりは――でも礼儀としては間違っているよな、いやでも使わないものはうちの母親だってリサイクルとか言って売っててそれは生活の知恵で……ああっ、わからない！　これは正しいことなのか⁉）

静かに悶絶する梓の手を、玄輝がぎゅっと引っ張った。はっと顔を上げると先に進んでいた蒼矢の前に、黒いスーツの外国人が立っている。

（あれってこのあいだの不審者⁉　え？　うそ、今までいなかったのにどこから涌いて出てきたんだ？）

外国人は蒼矢になにか話しかけている。それに蒼矢が答えていた。

「そ、蒼矢、こっち来なさい！」

梓は玄輝の手を握って蒼矢に駆け寄ろうとした。外国人は金色の髪をなびかせ梓を振り返る。その目の前にもう一人、スーツの外国人が立ちふさがった。いや、立ちふさがるというより、上から飛び降りてきた。

「な、」

「あじゅさー」

背後で朱陽の声がした。あわてて振り返ると朱陽と白花の前にも二人、同じスーツの外国人がいる。

「なんですか、あんたたちは！」

梓が怒鳴ったと同時に、スーツの男と蒼矢の間に氷の壁が出現した。朱陽の周りには炎が燃え上がり、白花の背後に黒い翼の山伏が飛び降りる。

ぐいっと肩を引かれ、よろけた梓を分厚い胸が受け止めた。

「貴様ら！　なにものだ！」

梓の背後に立ったのは高尾の天狗、一五郎坊示玖真だ。

「示玖真さん！」

「子供たちに手を出すな！」

氷の壁を張った翡翠が駆けつける。

「子供らは僕らが守っとるんや！」

炎の壁を張り巡らせた紅玉もすぐそばに来ていた。

「俺たちの国で俺たちの神に勝手に手を出す真似はさせねえぞ！」

外国人たちは引きつった顔を見合わせると地面を蹴った。その体が空に浮かぶ。黒いスーツから白い大きな翼が飛び出した。

「逃がすか！」

示玖真が手を挙げると天空から巨大な網が落ちてきた。

「ワアアアッツ！」

四人の外国人たちはまとめてその網に絡め捕られる。

「このまま高尾に連行して締め上げてやる！」

示玖真がくるりと六尺棒を回して網の中の外国人に突きつけた。

「マ、待ッテ！　誤解デス！」

網の中で長い金髪の男が叫んだ。

「私タチハ怪シイ者デハアリマセン！」

「怪しいやつが怪しいと言うわけねえだろ！」

六尺棒ががつんとその肩を押さえる。

「申し開きは大天狗さまの前で……」

「私タチハ神ノ使イ、大天使デス!!」

言葉と同時に男たちのからだが光り、黒いスーツが真っ白な聖衣に変わった。そこには教会や漫画やこの年末にやたらとあちこちで見るような、美しい天使の姿があった。

「新シキ神ガ日本ニ生マレタト聞キ、コノ聖夜ニ祝福ヲ授《さず》ケニ来タノデス」

「なにをぉ!?　だがおまえたちは子供たちに不穏なことを――」

そこへとことこと白花が近づき、網の中の大天使を指さして言った。

「このひとよ……？　……しらぁなに……ちゅくちゅくするってゆったの」

「チュクチュク、ジャナクテッ、祝！　福！　デス!!」


大天使たちは網から出て、改めて子供たちに祝福を授けた。一人一人の額に口付けする。

朱陽や白花はくすぐったそうに首をすくめ、蒼矢はいやそうにあごを胸に埋め、玄輝はぎゅっと目をつぶっていた。

網を回収した天狗たちは天使たちに深々とお辞儀をして帰っていった。

「最初から言っておいてくだされば……」

梓がなんども頭をさげたあと、ぼそりと言うと、

「スマナイ、ソナタノ形相ガチョット怖カッタノデ」

と気弱げに謝られた。天使はもっと堂々としているのかと思っていたのでびっくりする。

「ソレニシテモ新シイ神ノ子ニ会エテヨカッタ。コレカラモ健《すこ》ヤカニナ」

ブロンドでストレートヘアの気品のある天使は、ミカエルと名乗った。

「子供タチ、今日ハクリスマス・イブダ。クリスマスノ意味ヲ知ッテイルカイ？」

白銀の髪が優しくウエーブを描く女性めいた容貌《ようぼう》の天使はガブリエル。

「しってるよ！」

蒼矢が大きな声で自信たっぷりに返事をする。

「サンタクロスさんがプレゼントくれるひ」

朱陽もはいはいっと手をあげて言った。

「エット……キリストノ誕生ヲ祝ウ日ダト言ウコトモ忘レナイデオクレ」

ブルネットの華やかな顔立ちの天使はラファエルと名乗った。

「きりしゅとちゃん……おたんじょうびなの？」

白花が驚いた顔をして、天使たちを見つめた。

「ソウダ。我ガ主デアル神ノ御子《みこ》、キリストガコノ世ニ現レテ二〇〇〇余年……クリスマスハソレヲ祝ウ日ナノダ」

ミルクティ色の髪が美しいらせんを描いている天使はウリエルだった。

「そっかー、きるすとちゃんにおたんじょーびおめでとうってゆって！」

朱陽が言うと天使たちは嬉しそうにほほ笑んだ。

「アリガトウ。君タチニ幸多《さちおお》カレ」

四人の天使は白い翼を振って空に舞い上がった。その姿を見て蒼矢が呟く。

「あーあのとり、こないだみた……」

一番星が輝く夕焼け空に、白い大きな鳥が四羽、飛んでいった。

**終**

「さあ、みんな。今日は早く眠ってね。明日起きたらサンタさんからのプレゼントがあるからね」

「あいあーい」

子供たちは大声で叫んだが、蒼矢だけはうつむいていた。

「どうしたの？　蒼矢」

「えっとね……」

蒼矢はあまり見たことがないような、しおれた顔をしている。

「マドナちゃんのプレゼント……あげちゃったから……おれ、わるいこ？　プレゼント、もらえないかな」

蒼矢はちゃんと自分のしたことがどんなことなのか理解している。悪いことなのかいいことなのかはさておき、やはり人から貰ったプレゼントというものが特別なものだとわかっていたのだ。

「大丈夫だよ」

だから梓は蒼矢を励ました。蒼矢は自分自身の行《おこな》いを振り返ることができる、それが大切なことだ。

「みっちゃんは喜んでいたじゃないか。蒼矢はみっちゃんにいいことをしたんだよ」

「そうかな……」

「うん、そうだよ」

「へへ」

蒼矢はごしごしと自分の頬を擦った。泣きそうになったのをごまかしたのかもしれない。

「おれ、ねる！　いますぐねていちばんにおっきするね！」

「うん、おやすみ」

「ねえ、あじゅさ」

朱陽と白花が揃ってやってきた。

「どうしたの？」

「うん、あのね……」

二人はちょっともじもじしたが、見つめあってせーので背中に持っていたものを差し出した。

「これ、どうしたの？」

梓が二人の手の中にあるものを取り上げる。朱陽は押し花のしおり、白花は小さめの泥だんごだった。

「えっとね、これ、きりすとちゃんにぷれぜんと！」

「え？」

「てんしのおにーちゃんたちが、……きりしゅとちゃんのおたんじょーびって……ゆってたから」

「あ、……」

クリスマスはキリストの誕生を祝う日。ただプレゼントを贈りあう日ではない。

「クリスマスプレゼントじゃなくてー、おたんじょうびのプレゼントなの。あじゅさ、おわたしできる？」

「……うん」

どうやって渡せばいいのかわからないが、紅玉や翡翠に相談してみよう。いいアイデアがあるかもしれない。

大天使が地上へ来るくらいだもの、きっと子供たちの思いも届く。

「きっと渡すよ」

梓の言葉に二人はほっとした顔をした。

「さあ、じゃあ二人もお布団に入って。明日の朝、プレゼントが待ってるよ」

「あいあーい」

朱陽と白花は手をつないで寝室へと入った。梓は手の中にあるつやつや光る泥だんごとしおりを見つめる。喜んでもらえるといいけれど……。

「あれ、玄輝？　寝てなかったの？」

とっくに布団に入っていたと思った玄輝が起きてきていた。

「どうしたの？」

玄輝は眠そうな顔で梓に紙袋を差し出す。

「玄輝もキリストちゃんにプレゼントなの？」

梓が聞くと玄輝は首を横に振った。

「これ、さんたくろす、さんに」

「ええっ⁉」

「せかいじゅうのこどもに、ぷれぜんとくばるって、ゆってた。たいへん」

袋の中を見ると腰痛や肩こりに効く湿布薬だ。

どこで手に入れたんだ？

「あげて」

「う、うん」

梓が受け取ると玄輝は満足した顔でうなずき、ふらふらとからだを揺らしながら寝室へ戻った。

「これは――まあ確かにプレゼントだけど……なんか違う……」

まあいいか、と梓は三人からのプレゼントを箪笥の上に置いた。とにかく明日だ。今日はいろいろあって疲れた……。

いや、最後の仕事が残っている。あともう少し待って子供たちが熟睡《じゅくすい》したらプレゼントを枕元に置かなければならない。

朱陽には春に咲くチューリップの鉢植えを、白花には指紋検出キットを、蒼矢には終わってしまうけれどガイアガーディアンの玩具を（来年新しいものが好きになっても今一番好きなものだからいいだろうと割り切った）、玄輝にはお天気お姉さんのコーナーに出てくるマスコットのぬいぐるみを。

（喜んでくれるかどうかわからないけど、今はこれが精いっぱい）

初めてのクリスマス、楽しんでくれたかな。どたばたしたけど、来年もこうやってみんなで楽しく迎えることができますように……。

「梓ちゃん」

廊下からそっと紅玉が呼ぶ。

「あれ、紅玉さん、タカマガハラへ戻ったんじゃないんですか？」

「うん、一回戻った。だけどせっかくのイブやし、子供たちが寝たんやったら大人だけでプチパーティせん？」

翡翠も顔を出す。手に缶ビール五〇〇㎖の六パックを持っていた。

「別に私はおまえとパーティなんかしてなれ合う気はないがな、しかし紅玉が飲みたいといっているから仕方がなかろう」

「いやなら帰ればいいやん」

「ビールは私が買ったのだ。買った私が飲まないでどうする！」

翡翠は不機嫌な顔をしてビールをこたつの上に置いた。

「じゃあ、なにかつまみでも作りましょうか？」

「いやいや、お邪魔してる身やからつまみも持ってきたよ、座りぃ」

紅玉が背中に隠していたビニール袋を出す。こたつの上でひっくり返すと、柿の種やビーフジャーキー、あられに焼き鳥の缶詰が転がり出た。

「ありがとうございます。あ、そうそう、子供たちがキリストさんとサンタクロースさんにプレゼントを渡してほしいって言って持ってきたんですけど……、渡すことってできます？」

「キリストとサンタクロースに？」

「プレゼント？」

二人は目を丸くした。

「はい、キリストさんにはクリスマスプレゼントじゃなくて誕生日プレゼントを、サンタクロースさんにはお疲れだろうからって湿布《しっぷ》を」

「な、なんといういたわりの心だ、子供たち！」

翡翠はすっかり感動してまた眼鏡の奥を濡らしている。

「わかったよ。こういうのがあれば謝罪もしやすいやろ、預かっておくわ」

紅玉はつまみを空けたビニール袋の中に子供たちのプレゼントを入れた。

「謝罪ってやっぱり今日の大天使さんたちの……」

「うん、まあ、四大天使を不審者扱いして網で捕らえてタコ殴りしたんやもの。タカマガハラのオエライさんが誰か行くことになるやろうね」

「……タコ殴りまではしなかったと思いますが、申し訳ないことをしてしまいました。俺が行ってもいいんですけど、……」

天国はやっぱり雲の上なのかなと想像する。

「まあさすがに生きた人間は天国の門をくぐれないわなあ」

「ですよねー」

紅玉はプシュンといい音をさせてプルトップを開けた。

「じゃあ、乾杯しよう、梓ちゃん」

三人は缶ビールを掲げた。

「なんに乾杯しますか？」

「それはやはり決まっているだろう」

翡翠がごほんと空咳《からせき》をする。

「メリークリスマス！」

「メリークリスマス！」

「メリークリスマス！」

今日、たくさんの人がこの夜空の下で同じ言葉で乾杯をしているだろう。その人たちに幸多かれ。

しゃんしゃんしゃんしゃんと遠く夜空で鈴の音が響いたが、乾杯の言葉に紛れて三人には聞こえなかった。

「えー……第四回高天原クリスマス、及びクリスマスプレゼント及び、クリスマスパーティ及び……大天使に対する遺憾《いかん》な行動への謝罪について……」

アマテラスがそう述べても誰からも返事はなかった。

アマテラスはスサノオを見たが、弟はそっぽを向いている。ワダツミはさっと目をそらし、スクナビコナは見えないところに隠れ、クエビコは狸寝入りを決め込んでいた。

「おい、お主ら……」

アマテラスの声が地震の前触れのように低く伝う。

「なんとか言ったらどうだ。仮にも西洋の神の使い、しかも第一階位の四大天使に働いた不埒《ふらち》な振る舞い……誰かが謝りにいかねばならんだろう！」

「えー、実際現場にいたものに謝罪させたらいいんじゃないノー？」

無責任な発言をするワダツミをアマテラスはじろりと睨む。

「部下の責任は上司の責任、しかも彼らは自分の職務をまっとうしたにすぎん」

「じゃあやっぱりアマテラスさまが頭さげるしかないんじゃないですか」

椅子の陰から顔を出さずにスクナビコナが言う。

「わ。わたくしがー!?」

「いや、大天使やろ？　神様のお使い、ようは神使や。なら、そこは階級的にアマテラスさまの弟御《おとうとご》であるスサノオさまが妥当《だとう》やちゃ。階級的にもあっとる」

クエビコはかぶっていた麦わら帽子を手にしてくるくると回した。

「俺さまが？　馬鹿め、俺さまの頭はさげるようにはできておらぬ」

当然スサノオが反発する。

「そこをなんとか頼みますちゃ」

「漢気《おとこぎ》見せてくださいよ」

「いやだ！」

「でも謝罪すませなきゃ、気持ちよく新年迎えられないヨネ？」

四人に詰め寄られスサノオは脂汗《あぶらあせ》を流す。

「し、神使なんだろう？　だったら姉上の神使でいいではないか。どうせ鶏だからクリスマス料理にもなるし……」

「きっ、貴様！　わたくしの神使になんということを――――！」

会議室がドーンという音とともに揺れる。
この年末が穏やかに暮れていくかどうか……まだ誰にもわからない。

# 第五話

# 神子たち、年末を迎える

十二月二五日を過ぎると、町は一気に装《よそお》いが変わる。

前日までトナカイや星やヒイラギや金色のベルが下がっていた街灯には、ピンクと白の餅飾りが揺れる。クリスマス仕様はあっという間に払拭され、お正月ムード一色だ。

賑やかさには変わりないが、全体的にキラキラしていた街自体が、すんっと息を吸い込んだように別の色をまとうのだ。

ひとつの節目を迎える日を、街が、都市が、国全体が、静かに、しかし抑えきれない期待をはらんで支度する。

終わり、そして始まる。

終わる一年は良い年だったと、あるいはなかったことにしたいと、それでも懐かしさと寂しさを抱いて振り返り、始まる年はよりよくなるようにと、良い方向に変わるようにと願う。

クリスマスが終わった日から新年までの短い日々は、なんとも不思議に落ち着かず、心がざわめく期間だった。

「おてつだいする！」ということ子供たちをやっとのことで説得して、翡翠と紅玉に公園に連れ出してもらった。

今日はこれから大掃除だ！

古い一軒家ともなると掃除は大変だ。

いつもは掃除しない電灯の笠や冷蔵庫の裏、カーテンレールの上……いつの間にかあらゆるところに埃が降り積もっている。

天井を見れば薄い蜘蛛の巣もあった。

「障子の桟、毎月拭いてるはずなんだけどなあ」

桟に指を走らせると、白い粉のようなものがついた。

四人の元気な子供たちが走り回ったら埃もたつだろう。子供たちが活発なのは嬉しいことだ。

梓は気持ちを奮い立たせるために頭に手ぬぐいを巻いた。きゅっと締めるとよしやるぞ、という気になる。

上から下へ。奥から玄関へ。

幸いこびりついたような汚れはない。

翡翠さんがときどきダダをこねてくれるおかげで、家全体の汚れは少ない。

翡翠さんが毎月別の場所でダダをこねてくれたら家中きれいなのでは、と思ったが、それはそれで面倒だな、と思い直した。

梓は黙々と作業を進める。

ここは朱陽が焦がした天井、ここは蒼夜がいたずらで新芽を出した畳み、白花がカルピスをこぼして呆然とした板の間、玄輝……玄輝が寝転がってないところなんて家の中にはないんじゃないかな。

思わず笑みがこぼれる。

いなくても、家じゅうに子供たちの気配がある。

そうだ、トイレだけは別だ。

トイレは唯一子供たちが使わない場所だ。この家の中では、人間である梓だけが使う。

普段の掃除もややおざなりになっているが、今日は別だ。

そういえば、トイレをきれいにすると、トイレの神様みたいにきれいになれるって歌があったな。

知っている部分だけ鼻歌を歌いながら一年分、心を込めて丁寧に掃除する。

ひとつの家にもたくさんの神様がいる、と前に紅玉に教えてもらった。トイレの神様はもちろん、台所の神様、玄関の神様、居間の神様、床の間の神様、押し入れの神様……梓は掃除しながらたくさんの神様に感謝した。

（今年もありがとうございました。来年もどうかよろしくお願いします。子供たちを見守っていてください）

最後に玄関を掃き、門の外もきれいにする。新年には翡翠が門松を持ってくると張り切っていたが、あまり派手じゃないといいな。

梓は玄関の上の方に買っておいた正月飾りをかけた。松竹梅《しょうちくばい》に橙《だいだい》、ゆずり葉、裏白《うらじろ》、水引《みずひき》、幣束《へいそく》で賑やかに。

「よし」

これで今晩、年越しそばを食べれば、一年の始末ができる。

うっすらと夜のとばりが降り始めた空を見ていると、遠くから子供たちの声が聞こえてきた。

「あ、あじゅさー」

朱陽が目ざとく門の前にいる梓を見つけて走り寄ってくる。

「ただいまあー」「ただいまっ」「ただいま……」「ま！」

「お帰り、みんな」

梓は手を広げて子供たちを迎えいれた。

梓《あずさ》はキッチンで湯を沸かしている。大鍋にたっぷり。おかずはもうできているからメインの仕上げだ。

「あじゅさ……ばんごはん、なに？」

白花《しらはな》がぺたぺたと近寄ってきた。

「今日はお蕎麦《そば》だよ」

「おそば？　ばんごはん……なのに？」

今まで食べたお蕎麦はお昼の時間ばかりだったので、白花は不思議そうに言った。

「そう、今日は特別。年越しそばだからね」

まあ年は越さないけど、と胸の中で追加する。子供たちは八時にはもう眠くなるし、九時まで起きていたことがない。

「としこしそば……？」

「そう。一年の最後にみんなで食べるお蕎麦。これからも長く長く生きられますように、ってね」

本来の意味は『細く長く』だが、細くなくてもいいだろう。

「ふうん」

「甘く煮た油揚げを入れるよ。それにホウレンソウ。あ、コロッケと天ぷらも、もう揚げてあるよ」

「コロッケ！」

白花はぴょんと飛び上がった。コロッケは子供たちの大好物だ。

「しらぁな、いっぱいたべていい？」

「いいよ。たくさん食べてね」

そこへドタバタと足音がして、蒼矢《そうや》と朱陽《あけび》が勢いよく駆け込んできた。

「たいへん、たいへん！」

「あじゅさ、きて！　たいへんなの！」

二人が声を揃えて言う。

「ど、どうしたの？」

梓はいったん鍋の火を止めると蒼矢と朱陽に手を引かれ、居間へ向かった。白花も後ろからついてくる。

居間の畳の上には、転がっている玄輝《げんき》と、カレンダーが置いてあった。

「あじゅさ、たいへん！　あしたがないの！」

朱陽がカレンダーを叩いて言った。

「あしたないとどうなるの？　ずっとねんねすんの？」

蒼矢も真剣な顔で言う。

「ああ……」

月の終わりになると、毎回、飛び上がることのできる蒼矢と朱陽がカレンダーをめくってくれる。なのに今月をめくると何もなかったので驚いているようだ。

「そっか、新しいカレンダー用意してなかったね」

梓はちょっと待ってて、と言うと、納戸《なんど》から丸めたカレンダーを取り出してきた。先日買い物に行った時、商店街で貰ったものだ。

「ほら、新しいカレンダー。明日もちゃんとあるよ」

「あたらしいの？」

「あたらしいあしたなの？」

梓は巻いてあったカレンダーをほどき、古いカレンダーの横に並べた。

「こっち、今日は十二月三一日だろ？」

古いカレンダーの最後の数字を指さす。

「それでこっち。この表紙をめくると――」

新しいカレンダーの表紙を持ち上げ、来年の一月のカレンダーを見せた。

「ほら、また〝一〟があるよ。これが明日」

子供たちは三一の数字と一の数字を交互に見た。

「いまは、じゅうに、がつ？」

数字を数えられる朱陽が十二の月の部分を指さして確認する。

「そうだよ」

「あしたはじゅうさん……がつ？」

「そうじゃないよ」

梓は〝一月〟と書いてある箇所を指さす。

「明日は一月です。それからまた二月、三月、四月って進んでいってまた十二月。それで一年が終わって、また新しいカレンダーを出します」

「んー？」

梓の言葉に子供たちはいっせいに首を横に倒すと、

「どうしてまたもとにもどるの？」

「おわるってなに？」

「いちになったら……ちいちゃくならない？」

不思議そうな顔で梓を見上げてくる。

「どうしてっていうか」

理由を考えたこともなかったが説明するのは難しい。それが一年だからという言い方では、年の概念がない幼い子供にはわかりづらいだろう。

「えっとね……」

それでも質問にはできるだけすぐに答えたい。

「十三、十四、十五ってどんどん数が増えていったら数えるの大変やろ」

急に声がかけられ、振り向くと紅玉《こうぎょく》と翡翠《ひすい》が顔を出していた。

「こんちは、梓ちゃん。勝手にはいってきたで」

「あ、いらっしゃい、紅玉さん、翡翠さん」

紅玉は居間に入ると新しいカレンダーをとりあげた。

「十二くらいがちょうどええんや。十二で一回終わってまた最初から。ほら、時計も十二時までやろ」

紅玉が時計を指さすと、子供たちは初めてそれを見たような顔をして「ほんとだー」と叫んだ。

「えええー？　そういう答えでいいの？」

と、梓は言葉にしなかったが顔で紅玉に問う。紅玉は自信たっぷりにうなずいた。

「とりあえずはそれで」

「は、羽鳥《はのとり》梓」

今まで黙っていた翡翠が震えだす。

「貴様は……なんてことをしてくれたのだ。この私の重大な計画をおじゃんにしたな」

「おじゃん」

しばらく聞いてないな、と口の中で繰り返す。

「私は、私は、来年のカレンダーは子供たちの愛らしい笑顔の写真で作ろうと思っていたのに！　なんだ、このなんの変哲《へんてつ》もひねりもない風景写真は！」

「風景写真をひねってどうする」

　紅玉が小声でつっこむ。

「え、きれいじゃないですか、世界遺産」

「世界遺産がなんだ！　子供たちの写真こそ、世界遺産ではないか！　しかも刻一刻と成長し変わっていくのだぞ！　その美しさ、愛らしさ、素晴らしさを詰め込んだカレンダーを製作しようと思っていたのに！」

　翡翠はバシバシと畳を叩きながら喚《わめ》き続けた。

「でも、明日もう新年ですよ。それならもう少し早くいただかないと」

「選べないのだ！」

　翡翠は天を仰ぎ膝から崩れ落ちた。

「どの写真を使っていいかわからないのだ――――！」

「梓ちゃん、当分はその世界遺産のカレンダーでいいからね。翡翠のカレンダー待ってったら年が明けてしまう」

　ぽん、と紅玉が梓の肩を叩いて言う。

「わかりました」

梓は立ち上がると壁に表紙付きの新しいカレンダーをかけた。

「明日の朝になったら、この一番上の紙をめくってね」

「あいあーい！」

蒼矢と朱陽は両手を挙げて返事をした。

「じゃあ俺、蕎麦茹《ゆ》でてきますね」

「待て！　羽鳥梓！　この私の苦しみを……っ」

「あ、僕も手伝うわー」

梓と紅玉は翡翠を置いてキッチンに逃げた。背後から恨めし気なうめき声が聞こえてきたが無視する。つきあっていたら食べる前に紅白歌合戦が始まってしまうだろう。


夕方六時には蕎麦も茹であがり、大量のコロッケや天ぷら、それにサラダと一緒にどんぶりが並べられた。

短冊に切った油揚げは、ふっくら甘く煮つけて好きなだけ。てんぷらもコロックも大皿からとって蕎麦の上に載せていい。卵を割り入れてもいいし、大根おろしを載せてもいい。

今日は好きなものを好きなだけ食べていいよ、と梓が言ったので、子供たちの蕎麦の上は大変なことになった。

それでもあらかた食べつくした子供たちは、まん丸なおなかを上に向け、みんなこたつの周りでひっくり返っていた。

梓と紅玉と翡翠はゆっくりと日本酒を飲んだ。

「しかしお疲れ様やったね、梓ちゃん。この一年、無事に乗り切ってよかった」

「みなさんのおかげですよ」

梓は軽く頭を下げる。

「子育てなんて初めての経験……一人だったらどうしようもなかった」

しかも神さまの子供なんて。

「もっと頼ってよいのだぞ、羽鳥梓。これから子供たちも成長する。どんどん子育てはむずかしくなっていくだろう」

「ええ、本当にお願いします」

「うむ、殊勝な心掛けだ」

鷹揚《おうよう》にうなずく翡翠に紅玉が苦笑した。

「カレンダーも作れんやつが偉そうやな」

「なにを言うか。私は画期的なアイデアを思い付いたのだ」

「休むに似たりってヤツじゃなきゃいいけどな」

そう言って紅玉は梓と顔を見合わせた。翡翠は腰に手を当て、胸を張る。

「子供たちのカレンダーはそれぞれ一人ずつを日めくりにするのだ！　それなら三六五枚×四で一四六〇枚！　それだけの写真が使える！」

自分の考えにうっとりと目を潤ませながら翡翠は叫んだ。

「かわいい子供たちが毎日そばで見られるのだ。素晴らしいだろう！」

「ああ、タカマガハラも喜びそうやな。がんばりや」

紅玉の心のこもらない応援も翡翠は気にならないようだ。八百万《やおよろず》の神々に配るにはいくらかかるかと計算を始めた。

「さあ、みんな。お布団で寝よう」

梓はこたつ布団に潜り込んでいる子供たちを起こそうとした。

「ちょ、ちょっと待て！　羽鳥梓」

翡翠がうろたえた声で叫んだ。

「もう寝るのか？　紅白歌合戦は？　ゆく年くる年は？　除夜《じょや》の鐘をみんなで聞いて初詣《はつもうで》をしないのか!?」

「なにを言ってるんです、翡翠さん」

梓が呆れて言った。

「子供たち、もうみんな半分寝てるじゃないですか」

「しかし、初めての年末だぞ!?　大みそかには子供は大人と一緒に起きてて、みんなで除夜の鐘を聞くのがスタンダード」

「どこのスタンダードかは知りませんが、この子たちを見てもそう言えますか？」

見ると蒼矢ががっくんがっくん、壊れた人形のように首を上下に振っている。

「ううう」

「寝かせますからね」

「あああ、初めての年越しがあああ」

梓はもう翡翠を無視して朱陽のからだに手をかけた。

「いやあん、ここでねるう」

暖かいこたつから出されるのがいやで、朱陽がごねる。

「パジャマに着替えような」

紅玉が蒼矢を抱き上げると、蒼矢は肩にぱたんと額を落としてもう起きる気はないようだ。

「白花も布団に行こう」

観念した翡翠が声をかけたが、白花は静かにこたつの中に潜り込んでしまう。

玄輝はすでにこたつから出て寝室の布団に入っていた。

ぐずる子供たちをなんとか全員布団にいれると、すぐに寝息を立て始める。梓はその寝顔を見つめた。

小さく口を開けている朱陽。まつげを震わせている蒼矢。口元に指を押し当てている白花。息をしていないかのように静かな玄輝。

安心してぐっすりと眠っている子供たちを見るだけで心の中が平穏になる。幸せで満たされる。

この寝顔を守るためならなんでもできるような気がする。

「明日起きたら新しい年なんて、なんだか不思議です」

「毎日毎日の積み重ねで一年が終わるんだもんなあ」

「ばかめ、終わらなければどうするのだ。子供たちが成長せん」

夜が明ければ新しい年だけど、子供たちにとっては明日になるだけ。

明日には、いつも楽しい出会い、新鮮な驚きが待っている。

次の年も、その次の年も。みんな一緒に元気で楽しく過ごしていこう。

子供たちの頭を一人ずつ撫でながら梓は思う。

日本の東京の池袋の片隅で、夢を見ながら小さな神たちは、素敵な明日を待っている。

コスミック文庫 α

# 神様《かみさま》の子守《こもり》はじめました。13

【著者】 霜月《しもつき》りつ

【発行人】 杉原葉子

【発行】 株式会社コスミック出版
〒154-0002 東京都世田谷区下馬 6-15-4

【お問い合わせ】 一営業部一 TEL 03(5432)7084 FAX 03(5432)7088
一編集部一 TEL 03(5432)7086 FAX 03(5432)7090

【ホームページ】 http://www.cosmicpub.com/

【振替口座】 00110-8-611382

【印刷／製本】 中央精版印刷株式会社


ISBN978-4-7747-6252-4 C0193